CASULOS

PREPARAÇÃO E EDIÇÃO
Raquel Benchimol /Skoobooks

REVISÃO ORTOGRÁFICA
Raquel Benchimol /Skoobooks

CAPA
Lura Editorial

DIAGRAMAÇÃO
Lura Editorial

ILUSTRAÇÃO DA CAPA E QUARTA CAPA
Cecilia Fontes

FOTOGRAFIA DO AUTOR
Ayron Santos

Todos os direitos desta edição são reservados ao autor.

LURA EDITORIAL - 2018.
Rua Rafael Sampaio Vidal, 291
São Caetano do Sul, SP – CEP 05550-170
Tel: (11) 4221-8215
Site: www. luraeditorial. com. br
E-mail: contato@luraeditorial. com. br

Todos os direitos reservados. Impresso no Brasil.

Nenhuma parte deste livro pode ser utilizada, reproduzida ou armazenada em qualquer forma ou meio, seja mecânico ou eletrônico, fotocópia, gravação etc. sem a permissão por escrito do autor.

Catalogação na Fonte do Departamento Nacional do Livro
(Fundação Biblioteca Nacional, Brasil)

Santos, Ricardo César Vieira de Mesquita dos

Casulos / Ricardo César Vieira de Mesquita dos Santos - Lura Editorial. São Paulo - 2018.
152p.

ISBN: 978-85-5849-147-1

1. Ficção 2. Ficção Científica I. Título.

CDD: 82-9

---

www. luraeditorial. com. br

Ricardo Mesquita

CASULOS

LIVRO 1

Lura
EDITORIAL

Dedico esta obra à minha esposa, Maria Clara, que me inspirou a escrevê-la, e à minha filha, Isabella, que eu já amo tanto, mesmo ainda estando no "casulo" da mamãe.

AGRADECIMENTOS

Agradeço à minha família e aos meus amigos, que me ajudaram a trilhar o caminho até aqui, especialmente a Joel e Alice (pais), Rodrigo Mesquita (irmão), Thiago Ribeiro (autor de "Lino Yang e os Herdeiros dos Deuses"), Breno Oliveira e Erico Soares.

Quero deixar também o meu "muito obrigado" a você, leitor, por ter dedicado seu tempo para ler as palavras que escrevi e por ter me honrado com sua confiança, mergulhando nos mundos que criei.

Sem os leitores, a arte de escrever se resumiria à solidão.

"Para que o mal triunfe, basta que os bons não façam nada."
— EDMUND BURKE

CAPÍTULO UM

O despertar

Abri os olhos e tive dificuldade para enxergar a camada gelatinosa cor de âmbar que me envolvia. Comecei a me mexer e revirar meu corpo nu dentro do pequeno espaço disponível, completamente preenchido pela gosma translúcida laranja-amarelada. Imaginei que era daquele jeito que um feto deveria se sentir dentro do útero materno. Mas eu não era um feto! E aquilo, definitivamente, não era um útero. Parecia um... casulo!

Tentei forçar a barreira com as mãos, na intenção de rompê-la. Não consegui. Aproximei-me da membrana impermeável e pude ver através dela: a única fonte de luminosidade do ambiente não parecia estar muito distante. De repente, comecei a me sentir sufocado. Percebi que, até aquele momento, eu não respirara, porém meu organismo começava a implorar por oxigênio. Desesperado, pressionei o casulo com mãos e pés ao mesmo tempo, esticando-me ao máximo. Não pareceu surtir efeito. Tentei arranhar a barreira gelatinosa, mas não consegui causar qualquer dano. Sem muitas opções, em vez de me empenhar em esticar a parede do casulo, decidi tentar comprimi-la, segurando-a entre as mãos.

Assim que a primeira ondulação surgiu, mordi a membrana cor de âmbar com firmeza. De início, parecia que eu tentava mastigar um pedaço de borracha, mas, depois de alguns segundos de pressão, o tecido cedeu e se rompeu. Foi fácil então fazer com que o corte se estendesse até que eu pudesse sair.

Ao deixar o casulo, senti a água fria envolver meu corpo. Ainda não era possível respirar! Juntei todas as minhas forças e nadei o mais rápido possível em direção à luz. Mexia os braços e pernas de forma desordenada e logo comecei a sentir câimbras, que pareciam se intensificar a cada segundo que passava sem oxigênio. Meu corpo doía e eu já o imaginava inerte, afundando na água escura, quando, finalmente, consegui chegar à superfície.

Respirei fundo, mas, em vez de alívio, senti uma dor alucinante. O ar penetrava em meus pulmões causando um ardor insuportável. Involuntariamente, expeli aquela mesma gosma cor de âmbar pela boca. A agonia era tão grande, que quase decidi voltar para debaixo da água. Felizmente, com o passar dos minutos, ela foi diminuindo.

Olhei ao redor e percebi que estava numa pequena lagoa. Um odor putrefato pairava no ar. Nadei, ainda com dificuldade, até a margem e, quando meus pés conseguiram tocar a areia, fiquei aliviado. À medida que caminhava e o meu corpo nu saía da água, comecei a me sentir pesado. Ao ficar em pé na areia morna, uma tontura momentânea tomou conta de mim e fui obrigado a fechar os olhos e me apoiar sobre o joelho direito, para não cair.

Ainda com a cabeça baixa, abri os olhos. Apesar de o tempo estar parcialmente nublado, minhas pupilas ainda tentavam se acostumar com a claridade. Depois de alguns segundos, as imagens começaram a ficar mais nítidas. Foi quando pude ver que centenas de peixes mortos boiavam na água, nas proximidades das margens da lagoa. Enfim, descobri a origem daquele cheiro fétido.

Afastei de mim um grande peixe podre para poder ver o meu próprio reflexo na água. Encarei a imagem de um homem negro e musculoso, cujos cabelos pretos eram divididos em dezenas de dreads, que pendiam como uma cascata e ocultavam parte das minhas costas largas. Abaixo da testa franzida, um olhar perplexo emanava dos dois bonitos olhos cor de âmbar. Eu simplesmente não me reconhecia!

Apesar de possuir músculos definidos e salientes, sentia-me fraco, devo ter ficado inerte por muito tempo. Não me lembrava de nada, nem do meu próprio nome e, antes que eu pudesse me esforçar para recuperar alguma memória, minha barriga roncou. Pelo visto, meu estômago também fora abandonado por algum tempo.

Observei melhor a paisagem e notei que a pequena lagoa era cercada por dunas brancas. Comecei a subir a mais baixa e, quando cheguei ao topo, pude ver que, não muito longe dali, existia um grande centro urbano. Com certeza, lá eu encontraria roupas, comida e informações.

Depois de quinze minutos de caminhada, encontrei carros e prédios abandonados, porém intactos. Eu estava em uma cidade desconhecida e digna dos mais apavorantes filmes de terror, pois estava completamente vazia!

— Olá! Tem alguém aí? — gritei tão alto que voltei a sentir um ardor nos pulmões.

Como resposta, obtive um silêncio sepulcral, apenas atrapalhado pelo murmúrio angustiante do vento. Andei até uma praça, onde os ponteiros de um imenso relógio estavam parados, indicando oito horas e vinte e cinco minutos.

Entrei numa pequena loja de roupas que estava à minha direita. O caixa estava aberto, cheio de notas de valores altos. *O que quer que tenha acontecido, fez com que o dinheiro perdesse a importância*, pensei. Depois de alguns minutos, saí trajando uma bermuda azul-marinho e uma camiseta branca. Comecei a explorar as outras lojas e residências próximas. Porém, antes de entrar, sempre perguntava:

— Tem alguém aí? Posso entrar?

Depois de um tempo, continuei fazendo-o mais por educação do que com esperança de obter qualquer resposta. Nenhum local que visitei possuía energia elétrica, então seria importante aproveitar a luz do dia.

Apesar de os rótulos dos produtos informarem que haviam sido produzidos no mesmo ano daquele 10 de dezembro que os inúmeros calendários e jornais espalhados na cidade apontavam, foi difícil encontrar comida que não estivesse estragada. Ou seja, eu sabia o dia em que tudo havia sido abandonado e parado de funcionar, mas não sabia exatamente há quanto tempo isso tinha acontecido. Meu palpite era de que alguns anos já tinham se passado.

Numa das casas, encontrei um cinto com dois coldres, onde estavam um facão, uma pistola e dois carregadores de munição. Com grande agilidade, fiz uma checagem rápida dos armamentos e os coloquei na cintura. Fiquei surpreso por saber manejá-los e, ao mesmo tempo, aliviado por ter perdido a memória, pois tive a sensação de que já havia feito muitas coisas que mereciam ser esquecidas.

Passei o restante do dia procurando por outras pessoas e estocando mantimentos numa grande mochila preta que havia encontrado. No entanto, perto do entardecer, fui surpreendido por uma intensa dor de cabeça. Com ela, vieram alguns *flashes* de memória: vi um casulo esverdeado caindo; em seguida, sofri um impacto e percebi que também estava dentro de um casulo e que ambos começavam a afundar devagar.

Depois de alguns segundos, a dor passou e pude pensar com lucidez: *Eu não estava sozinho na lagoa!*

Faltava pouco tempo para o anoitecer. Por isso, eu precisava voltar rapidamente ao local de onde eu havia saído, horas atrás. Nenhum dos carros que encontrei funcionava, então decidi tentar a sorte com uma antiga motocicleta. Após três tentativas, consegui fazê-la ligar no tranco. Ajeitei a grande mochila nas costas e segui em direção à lagoa onde eu havia renascido.

Chegando lá, desci da moto, deixei a mochila no chão e corri para atravessar as dunas. Mergulhei na lagoa, sem me importar com o odor de peixe podre, que parecia estar mais forte do que antes. Dessa vez, nadei rapidamente. Ao chegar no centro da lagoa, respirei fundo e mergulhei. Eu forçava a visão, na tentativa de enxergar o outro casulo através da água turva.

O tempo passava, mas, antes que eu sentisse a necessidade de voltar à superfície, encontrei o que procurava!

Ele não era verde como me lembrava, mas da mesma cor daquele do qual eu havia saído: âmbar. Vi que tinha um apêndice, uma espécie de espinho nodoso. Foi por ali que o segurei e comecei a puxá-lo.

Depois de poucos minutos, já estava de volta à areia, carregando o casulo.

Horas atrás, mal conseguia ficar em pé. Agora, não encontrei dificuldade para carregar esta coisa que deve pesar pelo menos uns noventa quilos, pensei.

Usei o facão para abrir o casulo, com cuidado. Pouco antes de o sol começar a se esconder no horizonte, pude ver o rosto de um homem branco, adornado por uma barba espessa e um nariz avantajado. Ele aparentava ser um pouco mais velho que eu. A gosma escorria pelos seus cabelos loiros, longos e lisos. Já começava a escurecer, quando o homem arregalou seus pequeninos olhos cor de âmbar e começou a tossir, expelindo muco da mesma cor.

De repente, comecei a me sentir tonto. Dessa vez, tudo começou a escurecer rapidamente, e não era apenas em razão do pôr do sol!

O homem que resgatei se levantou e, antes que eu pudesse ouvir o que ele ia dizer, desmaiei.

CAPÍTULO DOIS

O Hospital

Acordei. Meus olhos se abriram devagar. Estava olhando para um teto branco e bem iluminado. Tentei mexer o pescoço para ver o restante do ambiente, mas não consegui. Eu estava completamente paralisado! Apenas meus olhos se moviam. Esforcei-me para respirar fundo, mas nem isso podia fazer. Por algum motivo, não tinha controle nem mesmo dos meus pulmões. Quis gritar, mas meus lábios secos não se mexeram...

Fechei os olhos novamente e me concentrei, na esperança de que aquilo fosse um pesadelo do qual eu poderia acordar. Nada aconteceu. Quando voltei a abri-los, apenas encontrei o mesmo teto branco. Passados alguns minutos, escutei o barulho de uma porta se abrindo e, em seguida, alguém caminhar em minha direção.

— Ele acordou! — gritou uma voz feminina e estridente, assustando-me.

A dona da voz entrou no meu campo de visão: ela tinha a pele quase tão branca quanto as roupas que vestia e trajava uma pequena máscara hospitalar, colocada sobre seus cabelos castanho-escuros e encaracolados. Seus olhos pretos eram parcialmente encobertos por óculos de armação cor de rosa e retangular. A mulher se inclinou e examinou minhas pupilas. Em seguida, mexeu em algum tipo de máquina que parecia estar ao meu lado e disse:

CASULOS

— Sou Erika, a enfermeira. Vou chamar o seu médico. A mulher se retirou, batendo a porta do quarto. Depois de alguns minutos, ela retornou. Dessa vez, estava acompanhada, pois eu podia ouvir os passos de uma segunda pessoa.

— Doutor, os sinais vitais dele estão estáveis — comentou a enfermeira, com a voz baixa.

— Hum... precisamos realizar todos os exames, o mais rápido possível! — disse o médico, com a voz grave e rouca, ainda fora do alcance da minha visão.

Os dois se afastaram e começaram a conversar baixo, sussurrando inúmeros termos técnicos que eu, provavelmente, não entenderia mesmo que os escutasse em alto e bom som. Após alguns minutos, a porta se abriu e um dos dois deixou o recinto.

— O senhor sofreu um acidente grave. Passou meses em coma. Por isso, terei de levá-lo para a sala de exames — explicou a enfermeira, com a voz trêmula, voltando a se inclinar sobre mim.

Ela se virou e, depois de eu ter escutado o tilintar de metais e vidros se chocando, retornou, segurando uma seringa nas mãos, que continha um líquido esverdeado.

— Vou injetar isso em você, antes do exame. Não se preocupe, não vai doer quase nada...

Antes que eu pudesse ter tempo para pensar, a enfermeira enfiou a agulha no meu pescoço. De fato, não senti a picada, da mesma forma que eu não conseguia sentir qualquer parte do meu próprio corpo. Contudo, à medida que o líquido verde era injetado, comecei a notar um ardor no local da aplicação, que se intensificava e se expandia, vagarosamente.

Após esvaziar a seringa, a enfermeira retirou a agulha e abriu a porta. Um homem entrou no quarto. Ele vestia um macacão amarelo e tinha o rosto encoberto por uma estranha

máscara preta, que pareciam servir de proteção contra riscos biológicos.
Para que tudo isso?, pensei, começando a ficar atordoado em razão da injeção.

O homem segurou a maca hospitalar sobre a qual eu estava deitado e começou a empurrá-la, levando-me para outro lugar. O barulho das rodinhas deslizando no chão áspero causava-me agonia. Depois de alguns minutos, eles pararam.

— O exame vai começar, senhor — ouvi a voz da enfermeira, que ecoava através de um alto-falante localizado na sala em que eu acabara de chegar. — Por favor, tente se manter imóvel.

Sério que você disse isso?!, pensei, indignado. Pena que nem um sorriso de ironia eu conseguia expressar...

As luzes se apagaram. Eu não sabia que tipo de exame era aquele: estava no meio de quatro grandes hastes de aparência metálica, que começaram a zunir e iluminar a sala com um brilho multicolorido.

Fiquei horas deitado, fazendo aquele exame interminável. Apesar de me sentir entorpecido, não conseguia dormir. O ardor que começara no meu pescoço já havia se espalhado por todo o meu corpo. Não era capaz de me mexer, mas podia sentir um calor confortante e, ao mesmo tempo, estimulante. Fechei os olhos para me concentrar mais naquela sensação diferente.

Será que consigo sonhar acordado?, pensei, completamente relaxado.

Eu podia perceber as luzes de diferentes tonalidades atingindo minhas pálpebras. Mesmo com os olhos fechados, conseguia perceber que as manchas coloridas e disformes se moviam cada vez mais rapidamente.

CASULOS

De repente, os borrões começaram a ficar mais intensos. Senti uma dor lancinante surgir na minha cabeça. Abri os olhos, mas não fez diferença! Continuei a ver o mesmo rodopio de cores, que, aos poucos, transformou-se em imagens nítidas que, apesar de serem irreais, com certeza pertenciam à minha memória.

* * *

Estou na praia esperando por alguém; olho para o horizonte e vejo um intenso clarão iluminar o céu e o mar; as ondas param por um momento, enquanto a água começa a recuar.

...

Estou fugindo de um *tsunami*; vejo um homem idoso me pedir ajuda, estendo o braço em sua direção, mas, em seguida, vejo o seu corpo ser arrastado pela correnteza.

...

Vou ao encontro de alguém; visualizo uma mulher deitada numa poça de sangue; tenho uma pistola nas mãos. Outro clarão acontece.

* * *

Quando voltei a abrir os olhos, já estava sendo levado de volta ao quarto de número 504. Ainda estava pensando nas lembranças que tinham acabado de ressurgir. Antes de ser colocado deitado, pude ver que o recinto não possuía janelas e que um relógio analógico pendurado na parede estava com os ponteiros parados, marcando oito horas e vinte e cinco minutos.

— O exame foi um sucesso. O doutor vem vê-lo agora — disse a enfermeira.

Em seguida, pude ouvir a voz do médico, que se aproximava:

— E então, como está se sentindo?

Na verdade, eu estou me sentindo bastante sonolento, mas por que você pergunta se sabe que não posso responder, idiota?!

O médico se aproximou e disse:

— Tudo ficará bem!

Eu lutava para vencer a sonolência.

Será que esse sono é efeito da substância que injetaram em mim?, pensei.

O médico se inclinou, de modo que, pela primeira vez, pude ver o seu rosto, que trazia um largo sorriso. Porém, mesmo que pudesse, não retribuiria o gesto, pois eu acabara de reconhecê-lo: era o homem que eu havia retirado do casulo!

Antes que pudesse refletir sobre a descoberta, dormi.

CAPÍTULO TRÊS

Companhia

Acordei e fiquei surpreso por poder movimentar meu corpo. Levantei-me devagar, ainda desconfiado, e percebi que estava num quarto pequeno de um apartamento. Pela janela de vidro, notei que o Sol ainda surgia no horizonte, fazendo uma camada densa de névoa começar a se dissipar.

O tamanho do ambiente era suficiente apenas para acomodar um armário branco, duas camas de solteiro e um criado-mudo, que ficava entre elas, sob a janela. Na cama ao lado, estava o homem que eu havia tirado do casulo, que era, também, o meu médico no hospital. Eu estava bastante confuso com a situação. Comecei a sacudi-lo, na esperança de conseguir algumas respostas.

— Ei! Acorde! — gritei vigorosamente. — Vamos!

Depois de alguns segundos, ele despertou assustado e se sentou na cama, encostando-se na parede. Olhou pela janela e, ao notar que o Sol acabara de nascer, resmungou com a voz sonolenta:

— O que você quer? Ainda é muito cedo!

— O que está acontecendo? Quem é você? — respondi com outras perguntas.

O médico passou as costas da mão direita na testa para limpar uma gota de suor que acabara de se formar e falou devagar:

— Você me salvou e desmaiou. Retribuí o favor e te trouxe até aqui. Por um segundo, lancei um olhar perdido para a paisagem serena que se apresentava através da janela de vidro. Em seguida, tentei perguntar com um pouco mais de calma:

— Onde, exatamente, é aqui?

— Não sei. Entrei no primeiro apartamento que encontrei. Você é bastante pesado, sabia? — disse o homem, massageando os próprios ombros e ensaiando um sorriso.

Contudo, eu não estava satisfeito. Precisava de mais informações.

— Eu não estava num hospital? Você não é o médico que estava me tratando? O que aconteceu?

O homem fez uma cara de espanto e, balançando a cabeça negativamente, respondeu:

— Não sei do que está falando. Não lembro quando foi a última vez que estive num hospital.

— Do que você se lembra? Qual o seu nome? Qual o MEU nome? — indaguei, voltando a alterar o meu tom de voz.

O homem se levantou da cama e começou a trocar de calça, enquanto dizia:

— Eu lembro de poucas coisas, mas, agora que você disse isso, acho que talvez eu seja mesmo um médico... o que tenho certeza é de que me chamo Roger. Quanto a você, só sei que seu nome é Adam e é o meu melhor amigo. Agora, acho mais prudente investigarmos o que está acontecendo do que ficarmos tentando lembrar do passado. Acredito que as memórias voltarão naturalmente.

Fiquei imóvel após receber as informações. Enquanto isso, ele se levantou, espiou pela janela e trocou de camisa, colocando uma mais adequada ao dia calorento que se apresentava.

— Eu quero me lembrar agora — expliquei.
— Calma, meu amigo, você também deve ter feito muitas coisas que preferiria esquecer.
— Você está escondendo algo de mim? — indaguei, aproximando-me dele. Não gostei do tom de ironia que ele utilizara.
— Mais tarde conversaremos — respondeu ele, ainda focado na janela, ignorando-me.

Por algum motivo que não consegui explicar, senti-me extremamente ofendido por ele nem ter se dado o trabalho de olhar nos meus olhos. Num ímpeto, pulei para cima de Roger e, segurando-o pela garganta, fiz uma careta e comecei a apertar seu pescoço com as minhas mãos.

— Diga agora!

Porém, ele mal conseguia respirar, muito menos falar. Ao perceber isso, soltei-o.

Ele caiu de volta na cama, ofegante.

— Você acaba de provar que eu tenho razão — ele massageou o pescoço e continuou, com o olhar assustado: — Apenas quero te ajudar. Contarei tudo à medida que eu for me lembrando mais claramente. Espero que você esteja pronto para ouvir. Agora, vou explorar os arredores. Adam, você pode ir comigo ou ficar aí sozinho, tentando se lembrar.

Senti uma pontada de arrependimento por não ter conseguido controlar meu impulso e ter agido como um louco. Mas era exatamente isso que eu estava me sentindo: um louco!

Roger saiu do quarto de costas, sem desviar os olhos de mim. Funguei e, ao colocar a mão direita na cintura, notei que estava desarmado. Pensei por poucos segundos e, então, decidi acompanhá-lo.

Enquanto descia um lance de escadas, gritei para Roger, que já estava se preparando para abrir a porta que dava acesso à rua.

— Ei! Eu também vou! Mas, antes, preciso saber onde estão as minhas armas.

Roger congelou enquanto ainda segurava a maçaneta. Em seguida, abriu a mochila cinza que carregava nas costas, retirou o meu facão e o colocou no sofá.

— Como medida de segurança, ficarei com a pistola, por enquanto. — disse ele, saindo e não me dando a chance de retrucar.

Andei até o sofá, coloquei o facão no meu cinto e o segui. Eu tinha a sensação de que, mesmo estando com uma arma inferior, ainda era muito mais perigoso que ele. A motocicleta que usei para voltar à lagoa estava estacionada na nossa porta. Quando eu estava prestes a tentar ligá-la, Roger gritou:

— Está quebrada e sem gasolina!

Nós teríamos que andar.

Exploramos os prédios vizinhos por horas. Coletamos alguns suprimentos, mas não encontramos ninguém. Tudo estava abandonado. Já era quase meio-dia quando achamos algo que nos chamou a atenção: uma grande mancha de sangue estava impregnada na calçada. A partir dela, podiam ser vistas pegadas vermelhas que seguiam em direção ao norte.

— Esse é o primeiro sinal de violência num raio de quilômetros — disse Roger.

Aproximei-me para examinar o sangue derramado. Contudo, ao notar o cheiro ferroso que ainda se espalhava pelo ar, senti uma pontada excruciante na cabeça. Involuntariamente, fechei os olhos.

**

Passei então a ver outra poça, preenchida por um sangue de cores mais vivas. Olhei ao redor e descobri que o líquido

CASULOS

vital brotava da cabeça de uma mulher, que estava deitada no chão. Segurei a lateral do seu rosto, colocando a mão sob os seus cachos, e comecei a virá-lo. Porém, antes que eu pudesse ver sua face, minha visão foi interrompida.

* * *

De volta ao presente, percebi que havia me ajoelhado no chão e apoiado minhas mãos no sangue quase ressecado. Roger se colocou ao meu lado e me ajudou a levantar.

— Você está bem? Conseguiu se lembrar de algo?

Apenas balancei a cabeça negativamente, recobrando as forças. Ele pareceu ficar aliviado com a resposta. Talvez eu tenha feito realmente coisas muito ruins.

Seguimos na direção que as pegadas de sangue apontavam. Caminhamos por algumas horas até chegarmos ao lugar que parecia ser o nosso destino: uma construção completamente envolta por uma camada laranja. Ao nos aproximarmos, percebemos que a cor chamativa provinha de uma resistente e fedorenta teia (parecia que tinha sido feita com materiais encontrados num esgoto!), através da qual quase não se conseguia ler o dizeres inscritos na fachada da construção: Escola Boa Esperança.

Tampando o nariz para tentar me proteger do cheiro de enxofre nauseante, usei meu facão para abrir um buraco na rede grande o bastante para atravessá-la. Roger pareceu receoso, mas me acompanhou. Todas as salas em que entrávamos estavam vazias.

— Não vamos encontrar nada aqui. Vamos embora! — sugeriu ele.

Porém, sentia que deveria examinar cada canto da construção. As respostas que eu queria poderiam estar ali. Afinal, uma escola é um bom lugar para se encontrar conhecimento. Além disso, aquela rede laranja poderia estar sendo usada para proteger alguma coisa.

— Temos que procurar um local para descansar. Logo vai anoitecer — disse Roger, tentando me convencer.

Devo admitir que as palavras dele soaram razoáveis. Ao pensar na proximidade da noite, senti um frio na barriga. Fui até a janela mais próxima para tentar calcular o tempo que demoraria para o Sol desaparecer. Vendo-o no horizonte, percebi que faltavam poucos minutos. Ao baixar o olhar, descobri que no fundo da escola havia um grande ginásio.

— Venha! — gritei para Roger, enquanto corria para lá.

Segui algumas placas até chegar à porta de metal que dava acesso ao ginásio. Ela era vermelha e parecia estar trancada por dentro. Tentei arrombá-la jogando-me contra ela, mas sem sucesso.

Roger sacou a pistola e apontou para a entrada do ginásio.

— Espere! — gritei. — Atirar dificilmente fará com que ela abra. Não desperdice munição.

— Tem alguma outra ideia?

Balancei a cabeça afirmativamente. Então, corri em direção à porta e, juntando toda a minha força, gritei e desferi um potente chute. Após um estrondo, ela se abriu. Roger ficou boquiaberto. Não sei dizer se foi pelo fato de eu ter conseguido realizar o arrombamento com um único golpe ou em razão de termos encontrado centenas de casulos! Mas, diferentemente daqueles de que tínhamos saído, esses eram verdes.

De repente, comecei a ficar sonolento. Andei até a arquibancada mais próxima e me deitei. Sabia que ainda era cedo, mas não estranhei o fato de o meu sono vir junto com o crepúsculo. Não lutei, apenas adormeci.

CAPÍTULO QUATRO

Sussurro

Eu já havia acordado, mas meus olhos ainda estavam fechados, por isso, tive dificuldades para ter certeza se as imagens que via eram provenientes de um sonho ou se eram lembranças que começavam a voltar.

***

Estava deitado numa cama grande, forrada com um lençol branco de seda. Não estava sozinho. Ao meu lado, dormia uma mulher que tinha a pele ainda mais delicada que a seda que nos envolvia e cachos que de tão dourados refletiam a luz da lua que entrava pela janela. Ela estava de costas, mas eu não precisava ver o seu rosto para saber que aquela mulher tinha o sorriso mais lindo que já tinha visto na vida. Aproximei-me e senti o cheiro adocicado do perfume que exalava de sua nuca. Em seguida, virei-me e olhei para a lua cheia que pairava no céu. Eu não queria que ela fosse embora, pois o dia seguinte prometia ser difícil.

***

De volta à consciência, abri os olhos e percebi que estava de novo na cama de hospital. Eu me esforcei, mas não consegui lembrar do rosto da mulher do meu "sonho". Apenas percebi se intensificar aquele aperto no peito que sentimos quando não conseguimos recordar algo que desejamos. Tentei me mexer, sem sucesso. Ainda estava preso no meu próprio corpo. Insisti e continuei mandando comandos inúteis para meus braços e pernas, até que Erika, a enfermeira, apareceu no quarto.

— Bom dia! Como o senhor está? — perguntou ela, sem esperar qualquer resposta.

Erika alternava sua atenção examinando os aparelhos a mim conectados e uma prancheta que carregava nas mãos. Eu tentava acompanhá-la com os olhos. Depois de alguns minutos, ela falou sorrindo:

— Ótimo! Parece que você já está respirando sozinho.

Sem cerimônia, a enfermeira retirou um tubo alongado que eu tinha na boca. Senti um ardor na traqueia e comecei a tossir, o que me fez lembrar do momento em que eu havia deixado o casulo. Olhei para minha barriga e notei que ela subia e descia, num ritmo acelerado. De fato, meus pulmões também haviam acordado.

— Senhor, ainda não sabemos quais serão as sequelas do acidente, mas estamos fazendo de tudo para reverter o quadro. Apenas precisamos da sua colaboração. Assim que puder falar, deverá nos contar tudo que se lembrar.

Que quadro? O que é que eu tenho? Qual foi o acidente que sofri? Nem mesmo sei se realmente me chamo Adam, e vocês sequer dizem meu nome!, pensei, ainda sem conseguir pronunciar uma palavra.

Erika moveu a cama em que eu estava, inclinando-a para o lado direito. Então, olhou sobre os ombros para um dos cantos superiores do quarto. Em razão do novo posicionamento, pude ver que, atrás dela, havia uma câmera que nos observava.

— Vou contar ao doutor sobre a sua evolução. Mais tarde voltarei para checar como está. — disse ela, num tom de voz mais elevado que o normal.

Em seguida, voltou a mexer os lábios, mas não consegui escutar qualquer palavra. Erika arregalou os olhos e voltou a mover a boca, emitindo um quase sussurro. Foi quando entendi que deveria "ler" o que ela estava falando. Era uma frase simples, mas esperei ela repeti-la pela terceira vez para acreditar no que ela tentava dizer secretamente: "Não foi um acidente".

De repente, Erika virou-se e foi embora.

O dia passou mais lentamente que o normal. Eu não tinha rádio, televisão ou ao menos uma janela para me entreter. Então, fiquei pensando no que a enfermeira havia dito e, principalmente, tentando entender o porquê de ela ter se comunicado daquela forma. Com o passar das horas, concluí que eu não poderia fazer nada com aquela informação. Não conseguia me mexer e nem mesmo falar!

Para que ela me disse aquilo?, perguntei-me, mentalmente. *Será que foi apenas para me atormentar?*

Esperei impaciente pelo retorno de Erika. Contudo, com o decorrer das horas, apenas o já conhecido sono implacável veio me encontrar.

CAPÍTULO CINCO

Estranhos

Levantei-me de sobressalto. Olhei ao redor e percebi que ainda estava nas arquibancadas do ginásio escolar. Os primeiros raios de sol já atravessavam os inúmeros blocos vazados que constituíam a parte superior das paredes, projetadas para permitirem uma melhor circulação de ar. No entanto, em razão das centenas de casulos que repousavam na área esportiva, o local trazia uma sensação de abafamento, agravada pelo odor forte e repulsivo de amônia que dominava o ambiente, fazendo-o parecer um banheiro público imenso e sujo.

Desci devagar os grandes degraus do ginásio e, ao me aproximar de um dos casulos, notei que o cheiro começava a mudar, tornando-se atrativo, vivo e viciante. Estendi a mão, na intenção de tocar aquela grande forma verde e oval.

— Ei! — gritou Roger, assustando-me.

Recolhi o braço e estranhei o fato de ele ter acordado tão cedo, diferentemente do dia anterior.

— Bom dia, Adam! Temos muito o que fazer hoje. — disse ele, com o sorriso mais largo que tinha me dispensado até o momento.

— Sim. Temos muitos casulos para abrir. — respondi, já sacando meu facão.

CASULOS

Roger, contudo, se colocou entre mim e o casulo mais próximo, estendendo os braços na minha direção, com as mãos espalmadas.

— Calma, calma! Se abrirmos todos, como faremos para alimentá-los? E se eles também ficarem desmaiando como você? Não vou conseguir cuidar de tanta gente! — argumentou ele.

Pensei por um momento, antes de responder.

— Você tem razão, mas podemos abrir pelo menos um.

Cocei o queixo e dei um passo para a frente, mas ele não se moveu. Em vez disso, insistiu:

— Claro que abriremos outros, mas não qualquer um. Já pensou se sai um louco daí de dentro? Temos que escolher.

— Escolher como? Mal podemos ver as pessoas dentro deles. Além disso, mesmo que eu conheça alguma delas, não conseguirei lembrar.

Roger abaixou os braços e colocou a mão direita em cima do casulo que eu queria abrir. Ainda sorrindo, disse:

— Durante a noite, examinei rapidamente cada um desses casulos. Posso dizer que todos eles contêm um adulto de meia idade. Não existem crianças ou idosos.

— Você fez isso tudo de noite? Não dormiu? — perguntei, perplexo.

— Estava sem sono. — respondeu ele, dando de ombros.

— Adam, é melhor montarmos uma base aqui. Vá procurar mantimentos enquanto termino minha triagem.

Dessa vez, fui eu que não me mexi.

— Quero estar aqui quando abrirmos o próximo casulo. — ponderei.

— Claro, claro! Só não vá atacar o próximo que acordar, como você fez comigo.

Na verdade, já sentia crescendo dentro de mim uma vontade de extravasar. Por isso, socar alguém não me pareceu uma má ideia. Imediatamente, tentei reprimir a sensação, envergonhado.

— Tome! — disse Roger, devolvendo-me minha pistola.

— Coma alguns enlatados que trouxemos e faça o favor de buscar mais víveres. Prometo que não abrirei nenhum casulo até você voltar.

Chequei e constatei que a arma estava carregada e pronta para atirar. Então, a coloquei na cintura e respondi:

— Ok.

Dei meia volta e procurei um local calmo para fazer um rápido desjejum. Comi três latas de atum e bebi um refrigerante de cola.

Em poucos minutos, já estava cruzando a rede laranja que fazia a escola parecer um casulo gigante. Caminhei e explorei os arredores, à procura de mantimentos. Não demorou muito para que eu visse um local que parecia promissor: um supermercado!

Ansioso para saber o que encontraria, corri. Estava me sentindo mais leve que no dia anterior. Na verdade, realmente estava mais ágil. As placas de trânsito, os carros e os prédios abandonados passavam pela minha visão periférica como meros borrões. Em poucos segundos, cheguei à entrada do supermercado. Continuei correndo e só parei quando vi que as prateleiras estavam cheias.

Respirei fundo. Apesar da corrida intensa, não me sentia cansado. Peguei um dos inúmeros carrinhos de compras e caminhei até a sessão de enlatados. Chegando lá, fiquei surpreso ao notar restos de alimentos jogados no chão e nas prateleiras. Mesmo assim, a maioria dos produtos estava intacta.

Senti um odor fétido no ar. Peguei uma das latas de sardinha abertas e cheirei. Estranho! Elas ainda estavam frescas, haviam sido abertas há pouco tempo!

A prateleira ao meu lado rangeu. Tive tempo apenas de olhar para cima e proteger a cabeça com os braços, antes de ser atingido por um vulto. Com o impacto, fui arremessado de costas no chão e, por um segundo, pude ver a criatura que me atacara. À primeira vista, parecia ser uma simples mulher com cabelos desgrenhados e que precisava muito de um banho. Todavia, olhando com um pouco mais de atenção, percebi com espanto que a sua pele era violeta acinzentada, coberta de feridas abertas, e que tinha as mãos em forma de garras, prontas para me atacar.

Ela desferiu um golpe vertical. Consegui abrir as pernas e dar um pulo para trás, esquivando-me por centímetros. No instante seguinte, consegui ficar de pé. Saquei minha pistola, mas, antes que pudesse disparar, a criatura estranha aplicou um golpe horizontal, que acertou meu peito e braço direito, fazendo a arma voar sobre a prateleira. Consegui desviar do segundo golpe e, num movimento extremamente rápido, saquei o meu facão para aparar um terceiro, que atingiria meu rosto.

Com uma força que não imaginava ter, empurrei minha oponente para longe, fazendo-a cair no chão.

— Pare! — gritei, na esperança de que ela desistisse das investidas.

Entretanto, assim que se levantou, ela voltou a correr em minha direção. Dessa vez, eu estava preparado. Meu corpo pulsava no ritmo do meu coração, que batia de forma extremamente rápida e vigorosa. Mesmo tendo perdido minha memória, tive certeza de que jamais havia me sentido tão vivo. Parecia que minha energia extravasaria!

Quando percebi que a criatura estava pronta para voltar a atacar, sorri. Finalmente poderia liberar o ímpeto de violência que tentava controlar desde o momento em que havia acordado do casulo. Com um movimento rápido e preciso, desviei do novo ataque e desferi um golpe horizontal, fazendo o facão cortar profundamente a parte lateral da barriga da criatura. O sangue dela sujou minha arma e começou a pingar no chão. Ele não era vermelho, mas verde! Ao perceber que a luta seria mais difícil do que imaginava, a mulher se virou e saiu correndo.

— Ei! Volte aqui! Não vai fugir tão facilmente! — gritei, antes de arremessar meu facão, que voou e só parou ao cravar nas costas daquele ser estranho.

Para minha surpresa, mesmo após receber o impacto, a criatura continuou correndo. Antes de iniciar a perseguição, passei na sessão ao lado e recuperei a minha pistola. Então, corri até a entrada do supermercado, seguindo as gotas de sangue verde que brilhavam no chão. Após saltar com facilidade pilhas de produtos, caixas de pagamento e até carros, cheguei ao final da trilha, já na lateral externa do supermercado. A mulher louca tinha sumido, deixando para trás o meu facão no chão, ainda sujo com o sangue verde.

— Para onde você foi? — indaguei em voz alta, enquanto olhava ao redor e guardava minhas armas.

Desisti de continuar procurando. Voltei ao mercado, enchi minha mochila com o máximo de alimentos que podia carregar e iniciei a caminhada de volta até o ginásio da escola. Na metade do caminho, parei para olhar o corte no meu braço e peito. O ferimento estava com a borda verde. Não parecia nada bom.

O trajeto de volta foi penoso, pois comecei a sentir uma estranha fraqueza. Olhei para o Sol, que estava bem acima da minha cabeça, e percebi que ainda era meio-dia. Não era hora do meu sono incomum. Para conseguir chegar no meu destino, tive que abandonar metade do conteúdo da mochila. Depois, voltaria para pegá-lo, pois, naquele momento, já era difícil carregar o peso do meu próprio corpo...

Quando eu já estava próximo da escola, ouvi dois estampidos. Pareciam tiros! E vinham exatamente daquela direção! Tentei me apressar, mas já não conseguia correr.

Minutos depois, cheguei ao ginásio e levei um grande susto: três corpos estavam estirados no chão. Não eram cadáveres normais. Todos tinham garras longas e afiadas no lugar das mãos, parecendo a mulher com quem tinha lutado há pouco, mas esses três tinham o restante do corpo extremamente deformado. Olhando apenas para seus rostos, que tinham ossos à mostra e pústulas de variados tamanhos, já nem pareciam humanos.

— Esses monstros tentaram invadir o ginásio, mas eu consegui detê-los! — disse Roger, limpando uma gosma verde da baioneta acoplada à espingarda de cano duplo que segurava.

Se não tivesse visto a cena com meus próprios olhos, acharia difícil de acreditar. Afinal, Roger não parecia ser do tipo lutador. Só poderia ter tido sorte.

— Onde encontrou essa arma? — indaguei.

— Estava trancada num baú, na sala do diretor. — respondeu ele.

Roger entrou no ginásio e saiu em seguida, puxando um casulo, que deslizava e deixava o chão cada vez mais gosmento.

— Vamos abrir este! — decretou ele.

— Eu agradeceria se você deixasse para amanhã. — sugeri, sentando-me no chão e tirando a camisa rasgada.

Ao ver meus ferimentos, Roger largou o casulo e se aproximou.

— Parece que hoje dormirei ainda mais cedo. — lamentei.

— Como isso aconteceu? Seus ferimentos são graves! — disse ele, em tom de reclamação. — Deite-se. Vou examiná-lo e ver o que posso fazer. Mas seria muito melhor se estivéssemos num hospital.

Eu já não tinha forças para responder. Apenas dei um sorriso amarelo, pois sabia que, quando eu acordasse, passaria o dia inteiro em um.

CAPÍTULO SEIS

Revelação

Eu estava de volta ao hospital. Após refletir por alguns momentos, tive a consciência de que tudo que vivia no "Mundo dos Casulos", apesar de parecer tão real, só poderia ser fruto da minha imaginação. Provavelmente, um efeito colateral por ter ficado em coma. Mas, quando estava lá, não me importava com isso. Era como um sonho em que a gente esquece que está sonhando. De qualquer forma, explorar um mundo novo e extraordinário era muito mais divertido que ficar preso a uma cama no entediante "Mundo do Hospital".

Ouvi o tilintar metálico vindo de fora do quarto. Parecia que alguém estava nervoso demais ao manusear um molho de chaves. Em seguida, escutei a fechadura ser destrancada. *Por que alguém trancaria o quarto de um doente que nem pode se mexer?*, perguntei-me mentalmente.

A porta deslizou devagar. Levantei e inclinei o pescoço, para tentar visualizar quem entraria no quarto. Antes que pudesse me esforçar para ver através da fresta aberta, ela se fechou. Relaxei o pescoço e deixei a cabeça despencar no travesseiro mole. Só então me dei conta de que havia voltado a mexer meu próprio corpo, pelo menos parte dele!

Superada a surpresa inicial, voltei a inclinar o pescoço para olhar meus membros e comecei a tentar movê-los. Apesar do meu esforço, mãos e pés apenas tremiam.

— Já é um avanço. — falei com a voz rouca e embargada. Sorri. Eu também já conseguiria me comunicar! Esperei ansioso para que alguém entrasse no quarto, de preferência trazendo um prato de comida. Eu estava com fome, provavelmente por estar sendo alimentado, há muito tempo, unicamente através de sonda.

O tempo passava devagar. O pior é que eu nem podia acompanhar o seu caminhar, pois não existia janela no quarto e tinham retirado o antigo relógio. Ao que tudo indicava, tanto podia ser o início de uma tarde, como o final de uma madrugada.

Quando cansei de esperar, fechei os olhos na esperança de que um cochilo me levasse de volta para o Mundos dos Casulos. Contudo, a única coisa que mudou foi que passei a esperar de olhos fechados.

Por fim, alguém voltou a mexer na fechadura. Dessa vez, a porta se abriu rapidamente e, antes que eu pudesse levantar o pescoço, uma voz conhecida me cumprimentou:

— Olá! Como está se sentindo hoje? — era o doutor Roger.

Por algum motivo, preferi não responder, mesmo imaginando que ele já soubesse que eu conseguia falar. O médico regulou os aparelhos hospitalares, examinou minhas pupilas com uma lanterna e se virou. Enquanto caminhava de volta para a porta, se despediu.

— Espere! — falei o mais alto que pude, produzindo um grito falho.

Roger parou.

— Onde está Erika? — perguntei, ainda sem me mexer.

— Ela saiu de férias — respondeu ele, secamente, antes de sair e trancar a porta.

Horas mais tarde, quando já sentia o inexorável sono chegar, voltei a ouvir a porta se abrir, desta vez, de forma abrupta. Levantei o pescoço ao ponto de ver Erika entrar no quarto e tentar se aproximar de mim, antes de ser agarrada por um homem alto e forte, que usava um traje biológico amarelo.

— Adam! Você precisa se lembrar e se recuperar! — gritou a enfermeira, enquanto o homem injetava uma seringa em seu pescoço. — Você precisa fugir daqui... — foram as últimas palavras que ela conseguiu dizer, antes de apagar.

Apenas pude fechar os olhos e dormir, sem saber se veria Erika outra vez.

CAPÍTULO SETE

Mulheres

Despertei e me sentei no colchonete verde onde havia dormido. Como de costume, tinha acordado junto com o Sol, que acabara de nascer. Minha barriga e meu braço direito estavam enfaixados e já não doíam tanto como no dia anterior. Olhei para o lado e vi que Roger já estava preparado para abrir um dos casulos.

— Bem na hora! — disse ele, sorridente. — Eu já não podia mais esperar! De noite, encontrei na enfermaria este estetoscópio e um kit de primeiros socorros, que utilizei para cuidar de seus ferimentos.

— Você acordou cedo ou não dormiu de novo? — indaguei preocupado.

Ele começou a esfregar o casulo e tentar olhar o seu conteúdo, como se quisesse ter certeza de que havia escolhido certo.

— Você dormiu? — repeti a pergunta.

— Claro, claro! — respondeu ele, ainda com a atenção voltada para o casulo.

Depois de examinar por mais alguns minutos, utilizando seu estetoscópio, ele falou:

— Você pode me emprestar o seu facão?

Levantei-me e levei o objeto requerido até ele. Fiquei por perto para observar melhor como Roger realizaria o procedimento. Não que ele tivesse aprendido a fazer aquilo na

CASULOS

faculdade, mas, por ser médico, poderia ter uma técnica mais aprimorada.

Apesar de Roger não saber manejar meu facão de forma adequada, inseriu a lâmina no casulo e realizou um corte longo e raso. Em poucos segundos, ele conseguiu abrir a grande cápsula verde, com muito mais facilidade do que eu tinha feito. Talvez, por ser de outra cor, o casulo fosse mais frágil.

Roger me devolveu o facão e mergulhou os dois braços dentro da gosma esverdeada, que tinha um cheiro adocicado. Em seguida, virou-se para mim, já segurando uma mulher nos braços. Ao encará-lo, notei algo diferente:

— Roger, por que seus olhos estão verdes?

— Sei lá. Devem ter voltado à cor normal. — respondeu ele, dando de ombros como se não estivesse carregando mais de cinquenta quilos nos braços.

Estranhei o tom peculiar e brilhante de sua íris. Roger colocou a mulher numa maca que havia trazido da enfermaria da escola, cobriu-lhe as partes íntimas com um lençol branco e começou a limpar seu rosto. Apesar de estar com o corpo coberto pelo líquido verde e pegajoso, eu já podia afirmar que ela era linda.

— Ela não está respirando! O que você fez para que eu acordasse? — interrogou ele, como se eu fosse o médico.

— Apenas esperei. — respondi tranquilamente.

Roger estava aflito. Pegou seu estetoscópio e começou a auscultar a mulher, tentando decidir o que faria. Porém, antes que ele tocasse com o aparelho na mulher pela segunda vez, ela começou a tossir violentamente.

Assim que ela se acalmou, Roger a abraçou e olhou para mim, franzindo levemente o cenho.

— Você sabe quem é ela? — inquiriu o médico. Apenas balancei a cabeça negativamente. Roger sorriu e anunciou:
— Esta é minha esposa, Priscilla.

Quando a mulher conseguiu se soltar do abraço, nos encarou com o olhar perdido. Suas pupilas eram de um verde intenso, parecidas com as de Roger. Depois de alguns segundos, a primeira coisa que disse foi:
— Preciso de um banho.

Então, com a ajuda dele, foi caminhando devagar até o banheiro feminino. No entanto, depois de pouco tempo, Roger voltou de lá, resmungando:
— Ela mal consegue ficar em pé. Está tendo muito mais dificuldades para se locomover do que eu tive. E, mesmo assim, não aceitou minha ajuda. Disse que não se lembra de mim!

Fiquei calado e optei por não me envolver nos assuntos de família. Em vez disso, decidi me ausentar por um tempo, para que eles tivessem privacidade para conversar. Também seria bom para eu arejar a cabeça.

Fiz uma rápida refeição e atravessei a rede laranja que cobria toda a escola. Do lado de fora, estavam jogados os três cadáveres dos seres que Roger havia matado. Ele nem mesmo se deu ao trabalho de enterrá-los. Resolvi que iria fazê-lo quando voltasse.

Olhei para o horizonte, contemplando o início de um belo dia. Era uma beleza quase particular, pois poucas pessoas poderiam ver como as nuvens se encaixavam de forma perfeitamente harmoniosa, o que era destacado pelo distinto azul do céu. Era um azul de tonalidade diferente, quase verde!

Nesse momento, lembrei que aquilo tudo não poderia passar de um sonho... ou pesadelo! O que me causava estranheza era o fato de eu sempre voltar para o mesmo cenário. Isso deveria significar alguma coisa? Decidi fazer um teste: fechei os olhos e comecei a repetir para mim mesmo:

— Cheeseburger! Cheeseburger! Cheeseburger!

Quando voltei a abri-los, fiquei decepcionado por não ter um grande e saboroso cheeseburger na minha frente. Era curioso e frustrante como eu podia ter plena consciência num sonho e, ao mesmo tempo, nenhum controle sobre ele. Talvez o melhor lugar para começar a entender o que estava acontecendo fosse onde tudo havia começado: na lagoa! Então, comecei a correr para lá, a toda velocidade.

Era impressionante, mas estava ainda mais rápido que no dia anterior. Como não precisei parar para descansar, pouco antes do meio-dia, já havia chegado ao meu destino. O normal seria fazer o trajeto em pelo menos um dia de caminhada!

Fui até o local onde tinha visto o antigo casulo de Roger pela última vez. Contudo, ao procurar o envoltório cor de âmbar, não o encontrei. Um rastro deixado na areia indicava que ele havia sido arrastado na direção de uma das dunas que cercava a lagoa. Mesmo de longe, pude ver que alguém me observava lá de cima. Quando comecei a andar em sua direção, o indivíduo pareceu farejar o ar, logo antes de sumir.

Iniciei a perseguição. Dessa vez, eu queria ter algumas perguntas respondidas. Subi a pequena colina com facilidade, pois nem parecia que eu estava correndo sobre a areia. Não demorou para que avistasse meu objetivo, que se movia muito mais lentamente que eu. Apenas precisei correr por poucos minutos, até encurralar minha presa num pequeno beco sem saída.

Assim que o indivíduo se virou para me encarar, percebi que era a mesma mulher louca que me atacara no dia anterior.

Mas ela estava muito diferente: seus cabelos pretos, antes desgrenhados, caíam suavemente, em forma de cachos, ao lado de sua face, que não apresentava mais nenhuma ferida. Sua pele também parecia completamente saudável: deixara o tom violeta acinzentado e voltara a ser branca. Tinha mãos no lugar das garras. Os olhos, antes totalmente pretos, apresentavam um brilho cor de âmbar, assim como os meus. A criatura havia se transformado numa linda mulher. O mais impressionante foi notar que já a conhecia mesmo antes de encontrá-la naquele mundo fantasioso. Ela era Erika, a minha enfermeira.

Nenhum de nós estava ofegante. Parecia que tínhamos apenas caminhado até ali. Levantei as mãos para o céu, sinalizando que não queria qualquer conflito, e me aproximei devagar. Então, decidi tentar iniciar uma conversa:

— Erika, é você?

Ela ganiu e gritou como resposta:

— Seu tolo!

Antes que eu pudesse reagir, Erika se virou e escalou o muro de cimento com uma agilidade incrível. Corri e tentei segui-la, mas escorreguei na gosma verde-escura que ela deixara para trás. Ao olhar o muro de perto, percebi que ela tinha aberto pequenos buracos na parede de concreto, utilizando as próprias mãos, que pareciam ser tão fortes quanto suas antigas garras.

Tentei limpar a gosma verde que respingou nas minhas pernas, mas, cada vez que esfregava, parecia que ela se fixava ainda mais na minha pele. Ao perceber que meu esforço era em vão, parei e apenas observei. Em poucos segundos, o material pegajoso começou a desaparecer. Dei um pequeno sorriso, que durou apenas o instante que levei para entender que a gosma não estava simplesmente sumindo, mas sendo absorvida. Comecei a me sentir tonto, como se minhas forças estivessem

CASULOS

se esvaindo. Preocupado, passei a caminhar na direção do apartamento onde tinha passado a primeira noite. Não ficava muito longe dali e não seria uma má ideia parar e descansar num local conhecido.

    Se antes correr parecia tão fácil quanto respirar, após a absorção da gosma verde eu tinha que me esforçar a cada passo. Estava mais lento, mas o Sol continuava seu trajeto pelo céu na mesma velocidade. Por isso, calculei que não conseguiria voltar à escola antes do crepúsculo. Depois de pouco mais de uma hora, avistei a motocicleta que estava estacionada em frente ao prédio para onde eu ia. Porém, em vez de alívio, senti um frio na barriga. Algo estava errado. Olhei para trás e vi que Erika me seguia e se aproximava rapidamente, correndo de forma desconexa. Senti que ela não possuía as melhores intenções, por isso agi por instinto: saquei a pistola que carregava e disparei cinco vezes em sua direção.

    O mal-estar parecia ter afetado minha mira, pois apenas um projétil encontrou seu alvo: o ombro direito de Erika. Ironicamente, após ser alvejada, minha predadora começou a se movimentar ainda mais rapidamente. Pela força que a vi demonstrar, imaginei que a porta do apartamento não seria o bastante para me proteger. Por isso, tinha apenas uma chance!

    Andei de forma claudicante até a moto que tínhamos abandonado dias atrás, a segurei e, enquanto caminhava com ela do lado, tentei acioná-la. Falhei por seis vezes. Não tinha tempo para uma nova tentativa, teria que enfrentar aquela criatura que ostentava o rosto de Erika. Aproveitei que ela estava mais próxima e descarreguei o resto da munição em sua direção. Dessa vez, acertei duas balas em seu peito e outra em sua perna, atrasando-a por um momento.

Foi tempo suficiente para que, na nova tentativa, eu fizesse a motocicleta funcionar. Erika começou a urrar e correr em minha direção. Subi no veículo e acelerei. A criatura saltou e, no momento em que eu empinava a moto na tentativa de ganhar mais velocidade, senti algo rasgar minhas costas. Apesar da dor alucinante, consegui fugir. Pelo retrovisor, observei Erika arranhar o asfalto com as unhas e soltar um longo grito de frustração. Pilotei o mais rápido que pude em direção à escola. Mesmo que aquilo tudo não fosse real, sentia a necessidade de chegar a um local seguro antes do pôr do sol. Por sorte, consegui. Entrei na escola ainda montado na motocicleta.

— Onde você estava? — perguntou Roger, assim que me viu.

Não respondi. Minhas costas queimavam e eu já sentia que meu corpo iria apagar. Tirei a camisa e me deitei na maca que ainda estava no ginásio. Logo em seguida, Roger e a mulher se aproximaram, discutindo sobre algo que não entendi e nem dei importância, pois estava sentindo uma fragrância gostosa no ar, que me remeteu a algum lugar do meu passado. Antes de fechar os olhos, virei o rosto e vi Priscilla de costas. Tive certeza de que ela era a mulher que aparecia nas minhas memórias incompletas. Levantei a mão para tocar nos seus cabelos, mas, antes que eu conseguisse, tudo se apagou.

CAPÍTULO OITO

Desculpas

Quando abri os olhos, ainda estava com o braço direito levantado, mas a pessoa que eu desejava tocar não estava naquele quarto de hospital em que eu acabara de acordar. O lado positivo era que já conseguia mexer meu corpo da cintura para cima! Aproveitei a melhora na minha mobilidade para me ajeitar na cama. Não demorou muito para que eu recebesse a primeira visita do dia: um jovem branco e alto, que tinha um rosto de traços delicados e cabelos curtos e lisos. Ele vestia um terno preto e uma camisa laranja, que combinava com os seus olhos cor de mel. Em suas mãos, trazia uma grande bandeja de café da manhã.

— Bom dia, senhor Adam. Eu me chamo Jim. Sou o dono deste hospital — apresentou-se ele.

— O que aconteceu com Erika? — perguntei sem pensar.

— Esse é um dos motivos de eu ter vindo encontrá-lo. Erika sempre foi uma funcionária leal e dedicada. Infelizmente, vinha enfrentando um problema pessoal, que acabou por interferir no nosso trabalho nos últimos dias.

— Como assim?

— A senhorita Erika é uma viciada que acabou de ter uma recaída. Nossas câmeras flagraram-na furtando e utilizando inúmeras drogas deste hospital. Para evitar maiores problemas, tivemos, inclusive, que trancar os quartos dos pacientes, por segurança. Desafortunadamente, isso não evitou que ela viesse aqui. Por isso, peço desculpas.

— Onde está Erika? Eu gostaria de falar com ela.

— Gisele cuidará de você a partir de agora, ela é uma excelente fisioterapeuta. Erika está de licença para tratamento da saúde. Assim que estiver estável, pediremos que ligue para o senhor, para tranquilizá-lo. Eu sinto muito por isso tudo. Na época em que descobri a doença dela, cheguei a fazer uma proposta, oferecendo-lhe tratamento, mas ela foi rejeitada. Eu também gostaria de me desculpar se o Dr. Roger tomou alguma atitude que lhe tenha ofendido. Ele tem estado bastante nervoso esses dias, mas é o melhor especialista disponível para tratá-lo. Coma um pouco. Assim que você estiver alimentado, vamos dar um passeio pelo hospital.

O homem falava de forma tão tranquila que cada palavra que dizia me trazia conforto e segurança. Quando me entregou a bandeja com os alimentos, olhei em seus olhos e não pude deixar de acreditar que ele falava a verdade. Jim sorriu e saiu do quarto, deixando a porta entreaberta.

Poucos minutos depois de eu terminar de comer, Dr. Roger entrou no quarto. Cumprimentou-me formalmente, perguntou se eu estava me sentindo melhor e retirou a sonda que eu usava para fazer minhas necessidades básicas. Senti dor durante o rápido procedimento, mas me esforcei para não expressá-la.

— Pronto, agora você já pode usar o banheiro sozinho. Apenas precisa recuperar completamente a mobilidade de suas pernas. — disse ele, cruzando os braços.

Dr. Roger saiu do quarto e, logo depois, um homem forte e musculoso apareceu empurrando uma cadeira de rodas. Ele

usava um traje biológico amarelo colado ao corpo, parecido com aquele utilizado pelo homem que atacara Erika.
Será que é ele?, pensei. A máscara que usava não me deixou ter certeza.

Contra a minha vontade, o homem me carregou e colocou sentado na cadeira de rodas. Em seguida, empurrou-a para fora do quarto, onde Jim já me esperava.

— Pode deixar ele comigo, Teckard — disse o dono do hospital, liberando o brutamontes.

Jim começou a me levar por um corredor limpo e vazio.

— Quero que você conheça alguém. — disse ele, antes de abrir a porta de um dos quartos vizinhos àquele em que eu estava.

Então, em pé, diante de um grande espelho, vi uma pessoa que, de certa forma, já conhecia.

— Esta é Priscilla, minha irmã. Assim como você, ela também foi encontrada na rua, desacordada. Passou meses em coma e recuperou os sentidos há pouco mais de uma semana. Ainda não descobrimos exatamente o que aconteceu, pois ela ainda está recuperando a memória. Pelo menos ela já se recordou do Dr. Roger, seu marido. Parece que o tratamento sugerido por ele está fazendo efeito.

Priscilla ainda penteava os cabelos, ignorando nossa presença. Contudo, quando Jim empurrou um pouco minha cadeira de rodas e ela enxergou meu reflexo, virou-se e me direcionou um olhar de piedade.

Eu não sabia o que falar. Era estranho ver tanta tristeza e beleza concentrados num só rosto. Priscilla tinha feições peculiares, que conseguiam combinar o formato angelical de seus cachos dourados com o contorno sexy de seus lábios carnudos.

Além disso, parecia que o brilho de sua alma era refletido pelo verde de seus olhos. Como se já não bastasse, ainda me sentia inebriado pelo seu perfume adocicado, o mesmo que eu pude experimentar nas minhas visões e nos meus sonhos no Mundo dos Casulos. O simples vestido azul que Priscilla trajava apenas servia para realçar a sua beleza. Eu estava confuso e não tive tempo de dizer nenhuma palavra, pois Priscilla me deu as costas e se trancou no banheiro, deixando-me ainda mais aturdido.

— Ela ainda não se sente à vontade para conversar, nem mesmo com seu próprio irmão ou marido. — explicou Jim.

Ouvi o barulho de passos se aproximando de mim, mas ainda não conseguia girar o corpo para ver quem era. Tive que me contentar em conhecer, inicialmente, a voz da minha fisioterapeuta.

— Olá, doutor. Pode deixá-lo comigo. — disse a mulher.

— Bom, realmente tenho muito o que fazer. Gisele vai te acompanhar nos próximos exames. — finalizou Jim, antes de se despedir.

Assim que o homem saiu, ainda sem se mostrar, a mulher disse baixinho:

— Senhor, temo que precisarei anestesiá-lo para a próxima bateria de exames.

Nem tive tempo para responder, pois logo senti a agulha penetrar no meu pescoço.

...

Quando acordei, já estava sendo recolocado na cama do quarto pelo gigante de roupa amarela. Ao notar que eu havia aberto os olhos, ouvi ele falar pela primeira fez.

— Você não deveria ter acordado. — disse ele, com a voz tão grave e rouca que não parecia natural, talvez em razão da grande máscara preta que cobria o seu rosto e também me impedia ver sua expressão. Tentei, mas não consegui dizer qualquer palavra. Ainda estava grogue, sob o efeito da anestesia. Logo em seguida, Teckard deixou o quarto, sem cerimônias. Nos poucos minutos que me restaram antes de minha soneca pontual, fiquei pensando sobre as palavras do homem e no rosto triste e encantador de Priscilla.

CAPÍTULO NOVE

Desencasulando

Quando acordei, ainda estava pensando em Priscilla. Levantei-me devagar e caminhei pelo miniacampamento que começava a se formar ao redor do ginásio. O ambiente deixara de apresentar o cheiro repulsivo e passou a emanar um aroma agradável e adocicado. Ainda sem camisa, bebi água de um bebedouro e caminhei até uma das salas, que estava sendo utilizada como dormitório. Priscilla estava arrumando a cama da qual acabara de se levantar. Roger ainda dormia ao seu lado. Parecia que estavam se entendendo.

Ao notar minha presença, ela sorriu e me desejou um bom dia. Retribui o cumprimento e fui procurar algo para comer.

— Ei! Espere! — sussurrou ela.

Parei e aguardei, desconcertado. Ela terminou de dobrar o lençol que utilizara e caminhou rapidamente em minha direção.

— Suas costas estão sangrando! — disse ela, com os olhos arregalados.

Instintivamente, decidi verificar com a mão direita, que retornou suja com o líquido vermelho.

— Não se mova. Deixe-me trocar seus curativos. — sugeriu ela.

Apenas obedeci. Enquanto aguardava ela preparar as bandagens, senti meu ferimento começar a coçar. Tentei segurar o ímpeto de esfregar as costas, mas não consegui e, quando já me movimentava à procura de alívio, senti as mãos quentes e delicadas de Priscilla segurarem meu braço.

— Calma. Já vai melhorar. — prometeu ela.

Priscilla retirou a faixa que envolvia meu abdômen e começou a limpar o ferimento de minhas costas com éter e iodo. O ardor momentâneo chegou a parecer prazeroso, comparado com a coceira irritante que me incomodava. Olhei para minha barriga e fiquei surpreso ao perceber que quase não existia vestígio do ferimento de dias atrás.

— O que foi isso? — perguntou Priscilla, avaliando as minhas costas.

— É uma longa história.

— Pode contar! Já que ainda não me lembro de nenhuma história, vai ser bom para distrair meus pensamentos.

— Do que você se lembra, Priscilla? — indaguei, mudando de assunto.

— Lembro que preferia ser chamada de Pitty. — explicou ela.

— O que mais?

— Pouca coisa. Quando tento lembrar de algo, a única coisa que consigo visualizar é um intenso clarão. Por favor, vire-se, vou aproveitar para limpar o ferimento de sua barriga.

Continuei imóvel, tentando imaginar qual seria a reação dela ao perceber que eu estava completamente curado do ferimento do abdômen. Não tive muito tempo, pois ela mesma andou e se posicionou à minha frente.

— Meu Deus! — sussurrou ela, colocando a mão esquerda na frente da boca.

Ao visualizar apenas uma fina cicatriz, Pitty levou a mão direita até minha barriga, tentando entender o que havia

acontecido. Instintivamente, contrai todos os músculos abdominais, deixando-os ainda mais expostos e definidos. Pitty olhou para mim e disse num tom brincalhão:
— Exibido!
Fiquei completamente perdido com o comentário. O que ela realmente achava que tinha acontecido? Infelizmente, não tive tempo de perguntar, pois havia acabado de perceber que Roger estava parado na minha frente.
— O que estão fazendo? — perguntou ele, visivelmente incomodado.
Pitty levantou-se e encarou Roger, com as bochechas ligeiramente mais rosadas que o normal.
— Ela estava apenas me ajudando com os curativos. — falei. — Mas, agora, eu mesmo posso terminar.
Roger cruzou os braços e disse num tom decisivo:
— Hoje, vamos abrir outros cinco casulos. Para evitar confusão, antes, vou guardar a maioria dos mantimentos na sala do diretor da escola. Lá parece ser o local mais seguro. Ficarei com uma chave e Priscilla com a outra. Adam, você pode pedi-las quando quiser.
— É lá também que vai guardar as outras armas que encontrou? — perguntei. — Preciso de mais munição.
— Depois falaremos sobre as armas. Priscilla não sabe manejá-las e você já é perigoso o bastante com as que carrega.
Ia discordar, mas, antes que pudesse falar algo que iniciaria uma grande discussão, tive uma visão, em forma de *flashes*:

***

Estava numa sala ampla, que ficava no topo de um arranha-céu de onde se podia ver quase toda a cidade através das paredes de vidro espelhado. Um homem estava caído no chão, em cima de uma pequena poça de sangue. Eu me aproximei e, num ímpeto de fúria, comecei a chutá-lo violentamente. Depois que vi o indivíduo tossir e gemer de dor, disparei inúmeros tiros em suas costas, até ouvir o "*clic*" da pistola que segurava em minhas mãos, informando que o cartucho já estava vazio.

***

Assim que recobrei a consciência do presente, fui obrigado a concordar com Roger. Eu realmente era muito perigoso.

Decidi tomar banho e comer algo, enquanto ele já se preparava para abrir outros casulos, em frente ao ginásio, utilizando uma pequena lâmina que havia encontrado em algum lugar da escola.

Quando saí do banho, cinco novas pessoas já estavam fora dos casulos: três homens altos e fortes, sendo um negro, um moreno e outro com traços orientais; e duas mulheres, uma de pele negra e uma ruiva. As mulheres já estavam tentando ficar de pé, enquanto os homens ainda se contorciam ou escorregavam pelo chão.

— Como você conseguiu abrir tantos casulos em tão pouco tempo? — perguntei, incrédulo.

— Estou pegando o jeito. — respondeu ele.

Roger havia preparado um chá para todos os novos habitantes. Ele não bebeu e nem ofereceu a Pitty ou a mim. Disse que tinha colocado alguns remédios estimulantes, para facilitar a adaptação daqueles que haviam acabado de sair dos casulos.

De fato, em menos de trinta minutos, todos eles já estavam saindo dos vestiários, em fila, limpos e vestidos. Roger reuniu nossos novos companheiros, que, apesar de ativos, pareciam completamente desorientados, e começou a explicar-lhes um pouco sobre o novo mundo.

— Bom dia, meus amigos. Como já havia comentado com alguns de vocês, há alguns dias, eu também estava preso num desses casulos. Mas agora que estamos livres, precisamos trabalhar juntos para descobrir o que aconteceu com o nosso mundo. Será uma tarefa difícil, pois, no início, nem mesmo nos lembramos da nossa história. Peço que fiquem tranquilos quanto a isso, porque as respostas virão com o tempo, se estivermos vivos para recebê-las.

Nesse momento, as duas novatas se olharam, assustadas. Roger aproveitou a breve pausa para olhar nos olhos de cada um dos novos habitantes. Eu e Pitty assistíamos calados. Era claro que o médico havia sido mais favorecido pelo dom da palavra.

— Vocês querem saber por que os chamei de amigos sem nem mesmo conhecê-los? — perguntou Roger, retoricamente. — Porque já conheci nossos inimigos! E eles não parecem nada conosco! Venham! Sigam-me, tem algo que precisam saber o quanto antes.

Roger caminhou até a entrada da escola. Passou pela teia laranja e aguardou enquanto os outros faziam o mesmo, alisando a espingarda que trazia pendurada no ombro.

— Que cheiro horrível! — reclamou a mulher ruiva, quando passava pela abertura na teia.

— E ficará pior! — alertou Roger, enquanto caminhava na direção dos três corpos dos estranhos invasores que ainda apodreciam no asfalto.

Assim que o primeiro novato da fila, o homem moreno e musculoso, avistou os cadáveres, gritou e assustou os demais.

— Não precisam ter medo! Juntos, poderemos nos defender. — disse Roger, tentando preparar os outros para o que veriam.

Parece que deu certo, pois ninguém mais gritou. Todos fizeram um círculo em volta dos corpos, sendo que a maioria tentava evitar que o odor putrefato entrasse em suas narinas.

— Vamos fugir daqui! Voltar para nossas casas e procurar nossas famílias! — sugeriu o homem que havia gritado.

— Não seja tolo! Vocês não sobreviveriam um dia sozinhos aí fora! — desdenhou Roger.

— Se você ainda está vivo, tenho certeza de que também conseguiria. — provocou o moreno.

Foi o bastante para que Roger tirasse a arma do ombro e se preparasse para atirar. Eu também fiquei pronto para agir.

— Hum... — disse o homem moreno, balançando a cabeça positivamente e dando um passo para trás. — Posso ver que a sua coragem está toda concentrada na arma em suas mãos.

— Você já é capaz ao menos de lembrar o próprio nome? — perguntou Roger, calmamente.

— Meu primeiro nome é Tekkard, mas meus amigos me chamavam apenas de Tek. — respondeu o homem, cerrando os punhos.

Roger sorriu, girou a arma e estendeu o braço, segurando-a no ar, apontada para si mesmo.

— Venha, Tek. Eu prometo que se conseguir tomar a arma de mim poderá ir embora e levá-la consigo. — disse ele.

Da forma como falou, Roger não poderia estar blefando, ou perderia o respeito dos outros recém-desencasulados. Mesmo assim, Tek demorou alguns segundos para acreditar. Então, começou a se aproximar devagar. Roger não se mexeu, nem mesmo quando o outro homem conseguiu segurar a arma pelo cabo emborrachado. Quando ficaram lado a lado, restou ainda mais clara a diferença física entre os dois. Roger era uns trinta centímetros mais baixo e mais de quarenta quilos mais leve.

Após um segundo de tensão, Tek tentou puxar a arma com toda a sua força. Contudo, assim como Roger, o objeto continuou imóvel.

— O que foi, meu caro? Será que o seu medo é maior que sua força? — sussurrou o médico.

No instante seguinte, Roger levou um violento soco no rosto, que o obrigou a girar o pescoço para o lado direito. Tek aproveitou o momento de distração para tentar arrancar a arma do oponente mais uma vez. Não conseguiu.

Vagarosamente, Roger trouxe seu pescoço à posição original. Ele sorriu e, sem demonstrar fazer muita força, puxou a arma em direção ao solo, fazendo com que os rostos dos dois se alinhassem. Então, desferiu uma potente cabeçada, que quebrou o nariz de Tek e o derrubou no chão, desacordado, ao lado de um dos cadáveres.

Diante do silêncio da pequena plateia, Roger disse calmamente:

— Desculpem-me por isso, mas o pânico também é nosso inimigo. Vocês quatro, por favor, enterrem esses corpos e depois levem esse problemático lá para dentro.

Todos obedeceram. Alguns em respeito à força física e mental demonstrada por Roger, outros por medo. O instinto de sobrevivência se manifestava, de um jeito ou de outro.

Pitty estava com o semblante fechado. Parecia não ter gostado do que tinha visto. Roger se dirigiu a mim e falou:

— Adam, preciso que você volte ao mercado e pegue mais mantimentos.

— Desculpe-me, Roger, mas pretendo retornar ao lago na moto que você havia dito que estava quebrada e sem gasolina.
— Devo ter me enganado. — simplificou ele. — Mas estou certo de que precisamos de mais comida.
— Então vá buscar! Você não manda em mim! Já disse que tenho outras coisas para fazer! — reclamei, exasperando-me e virando-lhe as costas.

Eu o contrariei por três motivos: realmente achei que seria mais proveitoso procurar por Erika, pois senti que estava ainda mais rápido e forte que no dia anterior; porque foi prazeroso vê-lo se sentindo impotente; e porque aquele era o *meu* sonho.

Peguei minha moto e segui de volta para a lagoa.

No meio do caminho, comecei a traçar a minha estratégia para o próximo encontro com Erika. Tudo que eu precisava fazer era ficar longe da gosma verde que ela expelia e que sugava as minhas forças. Parecia que seria fácil, pois estava me sentindo poderoso. Mesmo estando a mais de 140 km/h, a paisagem ao meu redor passava devagar. Eu tinha tempo de observar cada prédio, casa ou veículo ao meu redor. No entanto, estranhei quando percebi que um carro preto, sem motorista, havia saído de um cruzamento e vinha em minha direção.

Mesmo antevendo o momento do impacto, a física não me dava alternativas para evitá-lo. Tentei frear a moto e me posicionar de forma que ela absorvesse a maior parte do dano. O carro atingiu a lateral do meu veículo e me fez voar sobre o asfalto, a quase 100 km/h. De forma instintiva, girei no ar, como fazem os felinos, e aterrissei executando um rolamento, terminando de pé.

Incrivelmente, tinha apenas sofrido ferimento leves. Olhei para o local de onde tinha vindo o carro e vi que Erika estava lá. Dessa vez, estava com a aparência quase idêntica àquela enfermeira que eu conhecera no Hospital. Só faltavam os óculos cor de rosa.

No entanto, quando Erika segurou pela roda dianteira uma motocicleta que estava ao lado e a arremessou em minha direção, percebi que aquela não era a mulher do hospital e entendi porque o carro que me atingira não tinha motorista. Agachei-me e dei um grande salto, esquivando-me da moto voadora. Assim que voltei a tocar o chão, parti para cima de Erika. Eu não daria tempo para ela arremessar qualquer outra coisa em mim!

Aproximei-me como uma flecha e acertei um potente soco em sua barriga, arremessando-a por uma dezena de metros. Eu realmente estava muito mais forte e veloz, mas, pelo que tinha testemunhado antes, já sabia que aquilo não seria suficiente para tirá-la de combate.

Erika levantou-se rapidamente e correu em minha direção, provando que, infelizmente, eu estava certo. Quando ela se aproximou, fiquei mais tranquilo ao perceber que ela já não tinha qualquer gosma ao redor do corpo. Então, começamos a trocar alguns golpes rápidos.

Fiquei preocupado ao perceber que Erika também havia melhorado. Ela desviava ou bloqueava facilmente os meus ataques, enquanto me acertava, invariavelmente, socos e pontapés. Por isso, decidi utilizar meu instinto: deixei ela acertar um soco no meu peito e, então, utilizei o conhecimento que havia aprendido em algum ponto do meu passado para aplicar-lhe uma chave de braço e, logo em seguida, imobilizá-la pelo pescoço.

— O que você quer? — perguntei.

Erika se contorcia, tentando se livrar do meu golpe de estrangulamento.

— Erika, o que aconteceu com você? — voltei a perguntar, dessa vez, com um grito.

Depois de mais algumas tentativas fracassadas, a mulher se acalmou e respondeu quase sem voz:

— Eu fui rejeitada!

— De onde? — indaguei, afrouxando um pouco o aperto em sua garganta.

Erika aproveitou para aplicar uma cotovelada em meu estômago e se soltar.

— Seu tolo... você também não será mais aceito — disse ela, apontando para o curativo do meu braço direito, que protegia a cicatriz do ferimento que ela tinha feito.

— O que está acontecendo no mundo? — questionei. — Ou melhor, o que está acontecendo comigo? Que sonho maldito e insistente é esse?

— Seu pesadelo só está começando! Enquanto está aqui, todos os outros irão morrer... — disse Erika, com uma voz macabra.

Não sei o porquê, mas acreditei naquela ameaça. Antes que ela decidisse me atacar novamente, comecei a correr de volta para a escola. Dessa vez, a moto realmente estava quebrada, mas eu era tão rápido que não faria tanta diferença.

Chegando na escola, vi uma cena curiosa: duas criaturas bastante deformadas estavam estiradas no chão, em frente ao buraco da rede laranja. Parecia que haviam acabado de ser mortas com tiros na cabeça. Porém, outras três estavam em pé, farejando, de forma agitada, o ar ao seu redor e a terra onde os outros invasores tinham sido enterrados. Pareciam estar na dúvida se tentavam entrar na escola ou se fugiam. Lembrei o que Erika havia dito e decidi chamá-los de Rejeitados.

Por que eles só tentavam entrar por ali? A rede laranja não era tão resistente ao ponto de ser um empecilho. E por que não atacaram antes?, pensei.

Ao me ver, Roger abaixou a espingarda e foi ao encontro dos Rejeitados. Quando já estava próximo, as três criaturas começaram a encará-lo e dirigiram a atenção do olfato para ele.

— Venham, criaturas infernais. Não deixarei que vocês machuquem ninguém! — gritou Roger.

Os Rejeitados se entreolharam rapidamente, antes de partirem para cima de Roger. Eu me preparei para entrar na briga, mas não foi necessário. Roger desviou facilmente do primeiro ataque, revidando com um soco no rosto de um dos Rejeitados, que foi arremessado no chão. Antes que os outros dois tivessem tempo de atacar, o médico quebrou a perna de um com um potente chute e, após se posicionar de forma quase fantasmagórica atrás do último, quebrou-lhe o pescoço.

Eu estava aturdido. Mesmo com a incrível evolução dos meus sentidos, eu mal conseguia acompanhar os movimentos realizados por Roger. Ele era muito mais rápido que eu!

Roger aproximou-se do Rejeitado que, mesmo com a perna quebrada, arrastava-se no chão com um olhar sedento. Com uma pisada, quebrou-lhe o pescoço. Corri e me posicionei entre o médico e o último invasor que ainda estava vivo. Ele estava ainda mais deformado, em razão de o soco de Roger ter lhe quebrado a mandíbula.

— Espere! Eles ainda são ou já foram como nós! Você é médico! Pode tentar fazê-lo melhorar. E mantê-lo vivo também nos ajudará a descobrir o que está acontecendo! — tentei argumentar.

— Eles são apenas monstros! — rebateu Roger.

Páh!!!
Escutei um barulho seco. Ao me virar, vi que Tek havia se aproximado de forma furtiva e acertado a cabeça do Rejeitado com a pá que fora utilizada para enterrar os outros.

— Ele está certo! São monstros! — concordou Tek.

De repente, o Rejeitado, que havia ficado imóvel por um breve momento, virou-se e agarrou o tornozelo direito de Tek, tentando se vingar de seu agressor.

— Ahhhhh! — gritou o homem, antes de desferir um novo golpe com a pá que, dessa vez, decepou a cabeça do Rejeitado.

Todos ficaram em silêncio, chocados com a cena, exceto Roger:

— Queimem esses seres abomináveis, inclusive os que haviam sido enterrados. Tek, seu tornozelo está sangrando. Vamos até a enfermaria, preciso examiná-lo.

Tek jogou a pá no chão e acompanhou Roger, mancando. Assim que saíram, olhei para todos ao meu redor e percebi que estavam à beira de um ataque de pânico. O primeiro dia deles nesse novo mundo havia sido pior do que o meu!

— Vão descansar. Eu vou queimá-los — falei.

Eles se entreolharam, baixaram a cabeça e saíram devagar. Apenas Pitty ficou. Peguei a pá que Tek usara e comecei a desenterrar os Rejeitados mortos anteriormente. Eu poderia terminar em poucos minutos, mas preferi não utilizar minhas novas habilidades, para não assustar ainda mais a mulher.

Sem falar uma palavra, Pitty começou a me ajudar, arrastando e amontoando os corpos.

— Ei! Não toque nessa gosma verde. É o sangue deles. Pode contaminá-la! — alertei.

Passamos alguns minutos trabalhando em silêncio. Não demorou para que surgisse uma pequena pilha de corpos, que

Pitty começou a construir em local mais longe do que o necessário. De um lado, isso foi bom, pois aproveitei um momento em que ela estava preparando a fogueira da morte para, sem ser observado, fechar o buraco que acabara de cavar, mais rápido do que um homem normal conseguiria. Mas, se ela não estivesse tão distante, eu teria visto que um Rejeitado estava se aproximando para atacá-la.

Apenas notei que havia algo de errado quando escutei o grito fino de Pitty. Corri com a pá nas mãos a tempo de ver que um Rejeitado menor que os outros já pulava para atacar a mulher. Eu não chegaria a tempo de salvá-la, por isso, não pensei duas vezes: arremessei a pá na direção da criatura, utilizando toda a minha força. O objeto voou como se fosse uma flecha e acertou a barriga do Rejeitado, evitando que ele concluísse seu ataque.

Quando alcancei Pitty, vi que ela chorava copiosamente. Olhei para o Rejeitado e percebi que ele era diferente dos outros: sem contar a pele coberta por pústulas esverdeadas e garras no lugar das mãos, ele parecia um adolescente.

Pitty me abraçou, enquanto o Rejeitado levantava-se e retirava o cabo da pá que estava cravado na sua barriga, deixando um buraco envolto pela gosma verde.

— Vá embora! — gritei.

No entanto, ele voltou a correr, dessa vez em direção à abertura na rede laranja, que dava acesso à escola. Eu não podia deixar isso acontecer, então fui de encontro ao Rejeitado e, utilizando as mãos, segurei-lhe pelo pescoço.

— Pitty, acenda o fogo e volte para a escola, rápido.

A mulher riscou um fósforo e o jogou. Antes que ele tocasse no chão, ela já estava correndo de volta para a escola, enquanto a fogueira começava a crescer.

CASULOS

— O que você quer? Tá tentando se matar? — perguntei ao Rejeitado, que continuava olhando fixamente para o buraco na rede.

Olhei para Pitty passando ao meu lado e a acompanhei com os olhos até que estivesse dentro do perímetro da escola, supostamente em segurança. Porém, eu devia ter prestado mais atenção no Rejeitado que estava em minhas mãos. Com um movimento brusco, ele se sacudiu com força o bastante para conseguir morder meu antebraço esquerdo. A dor me fez soltá--lo. Tive então que correr novamente atrás dele, mas eu já não estava tão ágil. Com esforço, consegui alcançá-lo e, reunindo toda a minha força, acertei-lhe um golpe na lateral da cabeça, derrubando-o.

Em poucos instantes, o Rejeitado já se levantava, enquanto a dor no meu braço irradiava rapidamente por todo o meu corpo, enfraquecendo-me a cada segundo. Eu teria que fugir! Dei meia volta e comecei a correr até Pitty, gritando:

— Feche a rede! Feche a rede!

Enquanto o Rejeitado me perseguia, Pitty tentava reaproximar os pedaços da rede laranja, de forma a fechar o buraco criado pelo corte vertical que eu havia feito dias antes. Ela deixou um espaço grande o suficiente para que eu passasse e, assim que cruzei a abóboda laranja, ela fechou a rede como se fosse uma cortina, usando seus braços como uma grande presilha.

O Rejeitado chegou logo depois de mim, mas parou a tempo de evitar encostar na rede. Do lado de fora, começou a farejar, como se tivesse perdido o rastro de uma presa. Dei uma dezena de nós na teia, permitindo que Pitty a soltasse sem que o buraco voltasse a aparecer. Esperamos alguns minutos, até que o Rejeitado desistiu e foi embora.

Pitty me olhou com os seus lindos olhos verdes, ligeiramente irritados em razão do choro recente, e disse apontando para o meu braço ferido:
— Você precisará de um novo curativo.
— E de um banho. — complementei.
Voltamos ao pequeno acampamento e vimos que os novos desencasulados, inclusive Tek, bebiam com Roger, saudando-o.
— Ele é visto como herói. — disse Pitty, com a voz cansada.
Preferi não responder. Apenas caminhei até o vestiário, apressado para tomar banho antes que escurecesse. Em seguida, eu mesmo improvisei um curativo. Sabia que, provavelmente, ele nem seria necessário, pois a ferida já estaria cicatrizada da próxima vez que eu "acordasse" no Mundo dos Casulos. Então, fui até o refeitório, onde parte dos alimentos estava guardada, e procurei algo para comer. O mais rápido que pude, voltei para a sala de aula que estava sendo o meu quarto. O Sol já tinha começado a se pôr. Ao que tudo indicava, em breve o sono implacável chegaria e eu gostaria de, pela primeira vez, estar preparado.

Deitei-me num colchonete azul e fechei os olhos para aguardar os minutos que faltavam. Porém, Pitty chegou antes do sono. De início, ela viu o meu mais novo curativo e me dirigiu um olhar ofendido, pelo fato de eu não ter esperado por ajuda. Em seguida, indagou com a sua voz suave:
— Adam, diga-me o que você sabe sobre aquelas... — ela pensou por um momento, antes de completar — ...pessoas estranhas.
— Acho que eles se consideram rejeitados. — respondi rapidamente.
— Rejeitados de onde? — indagou Pitty, interessada.

CASULOS

— Não sei. — disse eu, esperando que a conversa com ela não se alongasse. Normalmente, não desejaria isso, mas imaginava que seria pior cair no sono no meio do diálogo.

— Eles querem nos matar? — insistiu ela.

— Talvez, mas acredito que podem estar atrás de outras coisas... — eu disse, já sentindo o sono, vagarosamente, tomar o controle do meu corpo.

— Dos casulos! — falou Pitty, compartilhando da minha opinião. — Você me salvou, muito obrigada! — agradeceu ela em seguida, sorrindo docilmente.

— Por nada... — respondi, fechando os olhos um instante antes de ter visto Roger se aproximar.

Antes de ser arrastado pela correnteza silenciosa do sono, que me proporcionava um repouso forçado, senti os lábios delicados de Pitty tocarem os meus. Um beijo que não fui capaz de ver ou retribuir. Infelizmente, Roger, que havia chegado como uma sombra, viu.

Do mesmo jeito que chegara, o médico foi embora, sem que Pitty percebesse. Eu, porém, tive a certeza de que ele encontraria uma forma nada amistosa de retribuição.

CAPÍTULO DEZ

Blefe

Quando acordei, ainda sentia o toque de Pitty nos meus lábios. Concentrei-me nele e fiquei sonhando acordado por alguns minutos, até ser interrompido por Gisele, que entrou apressada no quarto. Finalmente, pude conhecê-la. Na verdade, eu já havia encontrado aquela linda mulher de pele negra, cabelos volumosos e boca carnuda: era uma das desencasuladas, a que eu nunca tinha escutado a voz no Mundo dos Casulos. A única diferença eram seus olhos, que já não apresentavam o verde característico dos outros desencasulados, mas pareciam duas perfeitas jabuticabas.

Gisele fez alguns testes para verificar minha sensibilidade e começou a realizar uma série de manobras com as minhas pernas, que ainda não pareciam fazer parte do meu corpo. Em contrapartida, eu parecia já ter força suficiente nos braços para me deslocar sozinho com a cadeira de rodas.

Terminada a minha pequena sessão de fisioterapia, Gisele deixou o quarto, sem dizer uma palavra. Minutos depois, fui agraciado com a presença de Pitty, que me trouxe uma bandeja de café da manhã. Devorei tudo mais rápido do que o recomendável, enquanto era observado pela mulher, que estava em pé, num dos cantos da sala.

— Oi, Priscilla. — tentei iniciar um diálogo.

Porém, assim que terminei de comer, ela pegou minha bandeja e foi embora. Será que todos estavam mudos naquele dia? Descobri que não, quando Jim entrou no quarto, animado:

— Bom dia, Adam. Os resultados dos exames e testes são promissores. Você está se recuperando bem! Vim aqui pessoalmente para lhe dar essa boa notícia. Daqui a pouco, Gisele te levará para mais exames. Releve o jeito dela, está triste em razão da situação pela qual Erika está passando. Elas eram boas amigas. Você será sedado novamente, para diminuir o seu desconforto.

— Onde está Roger? — indaguei.

— O Dr. Roger está se preparando, pois é ele quem faz os procedimentos necessários de cada exame. Sempre que ele vem te ver, você está dormindo. — respondeu Jim, sorrindo.

Naquele momento, decidi colocar em prática uma ideia que estava maturando desde o dia anterior.

— Senhor Jim, antes dos exames, será que poderia pedir para Tek me levar para dar uma volta? Estou cansado de ficar aqui nesse quarto.

Jim comprimiu os olhos, estranhando o pedido, exatamente como eu havia planejado.

— Tek?

— Sim. Ele disse que seus amigos podem chamá-lo assim. — expliquei.

— Verei se encontro o senhor Teckard, mas acho que o Dr. Roger não quer que você se canse muito antes dos exames. — disse Jim, com a voz solene.

— Prometo não sair correndo por aí! — falei, levantando as mãos espalmadas para cima, antes de Jim se retirar.

Depois de mais de uma hora, o gigante amarelo entrou no meu quarto. Ele deu passos vigorosos até ficar na frente da minha cama.

— O que é? — perguntou ele, com a sua voz peculiar, que parecia ligeiramente irritada.

Com a mão direita, discretamente, pedi que ele desse um passo para a esquerda. Tive que repetir o gesto por duas vezes, até que ele, mesmo sem entender, fizesse o que eu queria. Pronto. Ele estava na posição perfeita. Apenas esperei, em silêncio.

— O que é que você quer? — ele indagou novamente, numa crescente de estresse.

Continuei calado até o momento em que tive certeza de que ele iria embora. Foi quando eu disse em alto e bom som:

— Obrigado!

Tek se empertigou. Continuava sem entender.

— Fiquei preocupado depois do que houve com Erika, com medo de você desistir de me ajudar — eu falei num falso sussurro.

Foi quando Tek entendeu o que eu estava fazendo. Ele olhou para trás e, ao perceber que seu corpo tampava a visão da única câmera do quarto, deu um pulo para o lado. Eu encarei o objeto que ficara livre para me filmar e comecei a falar de forma automática, como se tivesse treinado por muito tempo um texto pronto:

— Senhor Teckard, eu sei que Erika estava errada. Não preciso fugir do hospital, onde sou muito bem tratado. Mas começarei a desconfiar se o senhor desaparecer também.

— Você é louco? — indagou o homem, abrindo os braços.

— Quer fazer parecer que eu estava em conluio com aquela mulher fraca?

— Senhor Teckard, Erika não era fraca, apenas tinha problemas com drogas. — respondi cinicamente. — Mande minhas lembranças para ela, assim que encontrá-la. — finalizei com um sorriso.

Foi o suficiente para Teckard, num instante de fúria, retirar a máscara amarela que usava e dar um grito gutural, revelando uma voz estrondosa quase tão assustadora quanto o seu tamanho, mas ainda diferente daquela que eu escutava no Mundo dos Casulos:

— Quando você reencontrá-la, vai desejar não ter feito isso!

O rosto do homem, apesar de parecer um tanto quanto pálido, não era muito diferente daquele que eu já conhecia. Seus olhos continuavam verdes, apenas seus cabelos haviam sido raspados. Teckard respirou fundo, com certa dificuldade, recolocou a máscara e saiu do quarto. Segundos depois, Roger reapareceu, já com uma seringa na mão. Antes que a agulha penetrasse em meu pescoço e antecipasse a minha fase de letargia, tive uma certeza: apesar de ter ficado claro que estava tentando armar contra Tek, descobri que Erika estava viva e em apuros. Quanto a mim, não sabia exatamente o tamanho da enrascada em que estava metido.

CAPÍTULO ONZE

Retribuição

Assim que acordei, tive dificuldade para lembrar dos últimos acontecimentos. Continuei deitado e imóvel, tentando realinhar as minhas memórias mais recentes, como se fossem um quebra-cabeça. Porém, logo descobri que algumas peças estavam faltando. Precisei de quase uma hora para recordar a conversa com Tek e a agulha no meu pescoço.

Por que me esqueci? Será que tinha algo a mais na anestesia que me deram?, indaguei mentalmente. Certamente, a substância utilizada era muito forte, pois fora aplicada pouco depois de eu ter acordado e já me fizera pular direto para o Mundo dos Casulos.

Decidi parar de ficar remoendo o assunto e levantar. Tudo ficou muito mais fácil quando encontrei Pitty. Ela ainda dormia de lado, no acampamento improvisado dentro da sala que dividia com Roger. A mulher respirava devagar e utilizava as duas mãos como travesseiro. Parei para admirá-la e notei que seus lábios estavam entreabertos, quase formando um biquinho, fazendo-me relembrar do seu beijo.

— Bom dia, Adam! — cumprimentou-me Roger, assustando-me.

— Bom dia. Nem vi você se aproximar. — falei tentando explicar a minha cara de bobo.

— Nesse novo mundo, nunca é bom ficar distraído, meu amigo. — advertiu Roger.

Procurei, mas não consegui encontrar qualquer tom de ameaça em sua voz. Então, dei um sorriso forçado e comecei a andar pelo acampamento improvisado. Na área aberta em frente ao ginásio estavam os restos de uma fogueira. Todos os outros desencasulados ainda dormiam numa sala grande, que ficava próxima de onde estávamos. Eu utilizava uma sala no lado oposto, enquanto Roger e Pitty dividiam o cômodo que ficava mais perto da entrada do ginásio, que passara a ficar trancada durante o dia. Os mais recentes desencasulados não sabiam da existência de outros casulos. Roger decidira que seria melhor assim.

Fui até o refeitório e improvisei um desjejum. Estava com tanta fome que comi três porções de macarrão com carne enlatada. Assim que terminei, Gisele chegou para me fazer companhia. Foi o que pensei, antes de ser completamente ignorado por ela, que escolheu a mesa mais distante de mim para se sentar.

— Bom dia! — cumprimentei, entusiasmado. Mas não obtive resposta, nem mesmo um olhar, pois Gisele estava decidida em encarar os próprios joelhos.

Optei por relevar, pois ela havia acabado de despertar. *Além do mais, eu não estou com tanta vontade de falar com a minha nova enfermeira do mundo real*, pensei.

Voltei para o centro do acampamento e encontrei Roger, que acabara de sair do dormitório recém-montado dos desencasulados.

— Adam, preciso que você vá à cidade. — disse o médico.

— Pra quê? Acho melhor abrirmos logo todos os casulos. — sugeri.

— Não! — respondeu Roger, de imediato. — Ainda não temos condições de manter todos eles. — explicou.

— Mas todos poderão ajudar! — argumentei.

Roger sorriu e falou:

— Ajudar?! Olhe para eles! Estão exaustos pelo pouco que fizeram ontem. São fracos, diferentes da gente. Mais atrapalham do que ajudam!

Caminhei até a porta do dormitório dos desencasulados e, ao perceber que tinham voltado a dormir, pensei que talvez Roger tivesse razão.

— Soube que você foi mordido ontem. Posso ver como está o ferimento? Se é que ainda tem algum... — disse o médico, erguendo as sobrancelhas.

Levantei a manga direita do agasalho azul que vestia e notei que o grave machucado da noite anterior já era apenas uma tênue cicatriz de mordida.

— Acompanhe-me, por favor. — solicitou Roger.

Andamos até a pequena enfermaria. Tek estava em cima de uma das macas. Ele tremia e gemia baixinho, mesmo estando inconsciente.

— Ontem, ele sofreu um simples arranhão daquelas criaturas. Pegou uma infecção que não consegui tratar com os antibióticos que tenho à disposição. Por isso, preciso que você vá até a cidade buscar novos remédios. — explicou Roger.

— Tudo bem. Vou buscar os antibióticos. — concordei.

— Eu vou contigo! — disse Pitty, com sua voz doce, aparecendo de surpresa.

A mulher parecia ter acabado de acordar, mesmo assim, continuava linda. Seus cachos dourados pareciam não desmanchar.

— Não há necessidade. Ele pode fazer isso sozinho. — falou Roger, no momento em que passava o ombro direito na própria orelha.

Pitty se aproximou de mim o bastante para me deixar desconfortável e, olhando nos meus olhos, perguntou:

— Quais antibióticos você pretende buscar?

Eu não sabia dizer. Acredito que, mesmo se soubesse, não conseguiria fazê-lo enquanto estivesse sob o olhar hipnotizante de Pitty.

— Vou fazer uma lista para ele, Priscilla. Você não vai! — afirmou Roger.

Pitty voltou-se para o médico e disse secamente:

— Eu ainda não lembro de muitas coisas, mas já sei que era veterinária. Como não vejo nenhum animal aqui para tratar, acredito que serei muito mais útil ajudando Adam a encontrar os antibióticos necessários para salvar a vida de Tek.

Um breve silêncio constrangedor pairou no ar. Desviei o olhar e percebi que Gisele escutava a conversa, à distância. Ao ser notada, a mulher se aproximou. Examinou Tek rapidamente, colocou as mãos nos ombros de Roger e disse:

— Ei. Deixe eles irem. Estamos perdendo tempo! Se ela quer correr perigo, não há nada que possamos fazer.

— Vou protegê-la — respondi, sem conseguir me manter calado.

— Da mesma forma que você fez com Tek? Você é louco! — gritou Gisele.

Roger livrou-se do toque de Gisele e falou com a voz baixa.

— Tudo bem. Mas lembre-se de que a escolha foi sua. — após uma longa e resignada respiração, ele completou: — Que seja rápido!

Roger ainda dirigiu à mulher um olhar intenso, antes de se virar e sair da enfermaria.

— Vão logo! Ele não aguentará muito tempo. — implorou Gisele, antes de sairmos.

Eu e Pitty corremos em direção à saída da escola. Ela se esforçava, mas não era veloz como eu. Nesse momento, percebi que a nossa locomoção seria um problema. Eu teria que encontrar algum meio de transporte, mas deixaria para pensar no assunto quando estivesse fora daquele lugar.

— Você comeu? — perguntei, tentando quebrar o gelo.

— Hum... não tive tempo. — respondeu ela, já ofegante.

— Tome! — ofereci a ela duas barras de cereal que havia pego na cantina da escola.

Ela aceitou e começou a comer. Seria suficiente, por enquanto. Eu não precisaria me preocupar com água, pois Pitty sempre carregava uma garrafinha de plástico consigo. Não sei onde a encontrou, mas era bastante útil. Quanto a mim, um cantil de couro pendurado à minha cintura seria suficiente. Eu não sentia muita sede, mesmo depois de correr por quilômetros.

Ao chegar na passagem da rede, decidi rasgar e levar comigo um pequeno pedaço do material laranja. Se ele mantinha os Rejeitados afastados, talvez pudesse ser de alguma serventia. Pitty fez o mesmo, antes de voltar a fechar a passagem.

— Eu pedi para Roger aconselhar todos a manter essa rede fechada, pois isso afugentaria os Rejeitados. Porém, ele disse que sabia como manter todos em segurança. — informou ela, assim que deu o último nó.

— Ele deve ter algum outro plano. Bom, temos que tentar fazer algum carro funcionar. Lembro de ter visto um hospital a cerca de vinte quilômetros ao sul, seguindo em direção a uma lagoa. — eu disse, tentando manter o foco na missão.

— Não! Eu me recordo de já ter andado por essa região. Tenho quase certeza de que existe um pequeno hospital mais próximo, ao leste. Podemos ir andando. — revelou Pitty.

Eu não tinha argumentos para discordar. Só esperava que realmente o local fosse mais próximo. *Se bem que não seria tão ruim carregar Pitty em meus braços*, pensei.

— Tudo bem, Pitty. Mostre-me o caminho. — solicitei, estendendo o braço direito.

A mulher tomou a frente e começou a andar de forma ritmada. Não resisti e a observei por um segundo, admirando o seu corpo, que parecia ter sido desenhado. Então, me pus ao lado dela, para evitar futuras distrações.

Caminhamos por pouco mais de uma hora, até encontrarmos o local que ela havia dito: era o Hospital Geral, uma grande construção branca, cercada por um muro verde com mais de cinco metros de altura. A entrada se fazia através de um robusto portão de metal, acima do qual uma grande cruz vermelha podia ser vista.

— Teremos que pular o portão. — disse Pitty, ao ver que correntes de aço e um imenso cadeado impediam que a pesada grade de metal fosse aberta.

A escalada, no entanto, prometia ser ingrata e perigosa, porque no cume do portão existiam numerosas lanças enferrujadas. Aproximei-me então das correntes e, sem que Pitty percebesse, comecei a esticá-las. Antes que precisasse me esforçar muito, um dos elos se partiu. Para mim, não era surpresa, apenas constatei que minha força e velocidade cresciam progressivamente.

— Ei! Um dos elos da corrente está quebrado! — gritei para Pitty, que terminava um rápido alongamento, já pronta para subir no portão.

Ela se aproximou, incrédula, enquanto eu empurrava a pesada estrutura de aço como se fosse feita de isopor. Andamos alguns metros até encontrar uma porta de vidro espelhado. Diferentemente do portão, ela estava aberta. Acessamos um grande *lobby*, onde vários jarros sustentavam plantas mortas há muito tempo. Tirando a sujeira provocada pelo cair das folhas secas, o lugar estava impecável.

— Vou buscar os remédios. Veja se encontra algo de útil.
— informou Pitty, ao perceber que, por alguma razão, eu estava deslumbrado com o lugar.

Comecei a andar pelos corredores, enquanto sentia uma estranha sensação de familiaridade tomar conta do meu corpo. Como por instinto, dirigi-me às escadas e corri. Em menos de dez segundos, já estava no quinto andar, em frente ao apartamento de número 504. Entrei e vi que era exatamente como eu me lembrava. O fato de os aparelhos estarem desligados apenas contribuíam para o silêncio sepulcral do hospital, não impedindo que eu reconhecesse o apartamento como o local onde passava a maior parte do tempo no "Mundo do Hospital".

De repente, escutei o grito fino de Pitty. Corri o mais rápido que pude e me pus a procurá-la. Foi nesse momento que percebi que o seu perfume deixava um rastro a ser seguido. Era quase como se eu pudesse ver uma neblina esverdeada nos locais por onde ela tinha passado e, por isso, não demorei para encontrá-la. Estava no subsolo, na entrada de uma imensa sala escura, identificada como área restrita aos funcionários.

— O que houve? — perguntei preocupado, verificando se ela havia se machucado.

— Pensei ter visto um monstro se mover pelas sombras. — esclareceu ela, ofegante.

— Um Rejeitado?

— Não, não! Um monstro de verdade! — informou ela, encarando-me e deixando uma gota de suor frio escorrer por sua testa. — Vamos embora!

Ao analisar a porta que ela abrira, vi que nela estavam inscritos os seguintes dizeres: *Equipado pela O.A.S.I.S*. Pelo que entendi, parecia ser a empresa que fornecia os equipamentos utilizados na maioria dos exames do hospital.

Olhei para o salão escuro e, após piscar, fiquei surpreso pela quantidade de detalhes que podia enxergar. O negrume havia se dissolvido em dezenas de tons de cinza. Se estivesse sozinho, nem precisaria ligar as luzes, cujo interruptor eu já tinha avistado na parede à esquerda. Para acalmar Pitty, que já me puxava em direção à saída, deslizei a mão pela tinta fria e acendi as lâmpadas fluorescentes.

Então, algumas dezenas de casulos verdes foram iluminados. Segurei Pitty pelas mãos e entrei no recinto devagar. Sentia a mulher tremer devagar e, mesmo assim, ela não opôs resistência ao meu convite incomum.

Examinei de perto os casulos e descobri que quase todos estavam murchos, parecendo grandes ameixas secas, apesar de serem verdes. Três deles chamaram, especialmente, a minha atenção. O primeiro, porque aparentava ter sido aberto da mesma maneira que fizemos na escola, ou seja, não estava ressequido; o segundo estava fechado e intacto, mas vazio; o terceiro me impressionou, sobretudo, pelo tamanho: aparentava ter sido rompido de dentro para fora e era quase duas vezes maior que os outros!

— Fico imaginado se algo saiu deste casulo... — comentei sem pensar.

Nesse instante, Pitty apertou minha mão o mais forte que pôde, alertando-me do gigante que aparecera às nossas costas. Ele era, definitivamente, um monstro! Tinha a pele acinzentada e cheia de feridas purulentas, assim como os outros Rejeitados, mas media, pelo menos, quatro metros de altura!

O Monstro começou a se aproximar devagar. Eu nem precisava ter ouvido os seus rosnados para perceber sua hostilidade, que já transbordava de seus olhos verdes, por estar diante de presas aparentemente vulneráveis.

Soltei a mão de Pitty e saquei minha pistola, na intenção de descarregá-la no rosto da criatura. Mas, ao apertar o gatilho, percebi que ela já estava descarregada.

Roger!, pensei, furioso, no momento em que a criatura avançou com uma velocidade impressionante na direção de Pitty, pronta para desferir um soco vertical.

Movendo-me como que por reflexo, empurrei Pitty, distanciando-a da área de impacto, e tentei aparar o golpe. Apenas a primeira reação fora adequada, pois o Monstro era muito mais forte do que eu poderia imaginar, ou eu era menos forte do que presumia.

Senti o impacto como se fosse um martelo gigante, que partiu meu antebraço ao meio, acertou meu rosto de raspão, quebrando meu nariz e atingindo o meu peito, jogando-me para trás. Novamente, relembrei a sensação de não conseguir respirar. Ao lado, vi que Pitty caíra ao receber meu empurrão e tinha arranhado o cotovelo no chão. O Monstro soltou um rugido assustador. Era desnecessário, pois eu e Pitty já estávamos devidamente apavorados.

Eu sentia tanta dor que não sabia qual dos pontos afetados era o principal responsável pela agonia. Meu nariz sangrava copiosamente; meu braço estava apoiado no chão e, ao tentar movê-lo, pareceu que eu tinha ganhado uma nova articulação; meu esterno aparentava uma grave compressão. *Quero acordar! Quero acordar! Quero acordar!*, comecei a implorar mentalmente. Foi tudo o que consegui fazer naquele momento.

O Monstro se agachou e começou a se aproximar de Pitty, emitindo um som que se assemelhava ao de uma gargalhada bizarra. Ele escancarou sua bocarra e se preparou para atacá-la. Não sei se foi por falta de coragem ou apenas uma consequência do golpe que eu havia sofrido, mas apaguei antes que pudesse ver a frágil mulher ser atingida.

CAPÍTULO DOZE

Passeio

Acordei ofegante e, assim que tomei consciência do meu corpo, levei a mão direita ao nariz: ele estava intacto. Passei a controlar a minha respiração, procurando me acalmar. Quando estava quase em estado de meditação, fui interrompido pelo barulho da porta se abrindo: era Pitty, que trazia uma bandeja de café da manhã exatamente igual à do dia anterior.

— Olá. Como você está se sentindo? — perguntou ela, colocando a comida em meu colo.

— Melhor agora. — respondi, forçando um sorriso.

Eu não sabia em quem confiar e tinha certeza de que estávamos sendo observados. Por isso, resolvi falar pouco e colher o máximo de informações possível. Comi em silêncio, enquanto Pitty não parava de mexer no tecido do vestido verde que trajava e combinava perfeitamente com os seus olhos. Era notável a ansiedade da mulher.

Assim que terminei meu desjejum, encarei Pitty e esperei para ver qual seria a sua reação. Ela continuou parada, encostada na parede da sala, brincando com a seda que vestia. Aproveitei o silêncio para tentar mexer os membros inferiores do meu corpo. Segurei firmemente na borda da cama e comecei a forçar, imaginando se o meu comando chegaria até os pés.

— Aaaah! — gritei de frustração. Eu tinha a sensação de que estava tentando abrir uma porta com a mente: seria fantástico, mas parecia algo impossível de acontecer.

Pitty se aproximou devagar e segurou minha mão direita. Nesse momento, senti uma leve onda de energia percorrer pelo meu corpo. Então, olhei para meus pés ainda em tempo de ver meu dedão direito tremer por um instante.

— Vamos passear? — indagou ela, com um sorriso triste no rosto.

Eu não tinha muitas opções ali, por isso o convite soava ainda mais especial. Sendo assim, balancei a cabeça positivamente.

— Vou chamar Teckard para me ajudar a colocar você na cadeira de rodas, tudo bem? — indagou Pitty, de forma aparentemente retórica.

Eu não queria que aquele brutamontes me tocasse, mesmo que fosse para possibilitar um passeio com Pitty. No entanto, se eles queriam ignorar os acontecimentos do dia anterior, eu iria colaborar com a encenação, pois precisava saber mais sobre o hospital. Além disso, não seria ruim passar um tempo sozinho com Pitty.

A mulher deixou o quarto, prometendo voltar logo, mas tive que aguardar por algumas horas até que Teckard chegasse para me carregar. O homem me cumprimentou formalmente e me colocou na cadeira de rodas, sem demonstrar qualquer gentileza, batendo minha perna na cama de metal. Tive certeza de que sentiria muita dor caso não estivesse paraplégico.

Tek se retirou e Pitty entrou no quarto. Então, começou a empurrar minha cadeira de rodas pelo corredor. Eu podia me movimentar sozinho, utilizando meus próprios braços, mas preferi ocultar essa capacidade.

Pitty empurrou-me até um dos elevadores. No caminho, encontramos outros cinco trabalhadores (médicos ou enfermeiros) e mais uma dupla de pacientes, que eram transportados em macas. Nenhum deles aparentava qualquer anormalidade.

No elevador, pude sentir ainda mais forte o perfume adocicado que exalava de Pitty. De alguma forma, sentia uma necessidade de me virar e olhar seu rosto. Era como se eu não pudesse armazenar tamanha beleza na memória, sendo compulsoriamente levado a contemplá-la para evitar um trágico esquecimento.

Eu sabia que parecia ridículo, mas Pitty me pegou encarando-a pelo menos três vezes no pequeno trajeto. Ela sorria todas as vezes que nossos olhares se encontravam. O elevador nos levou até o saguão principal, que era quase igual àquele que vislumbrei no Mundo dos Casulos, a única diferença era que estava completamente limpo e os jarros decorativos estavam repletos de flores.

A minha cadeira se deslocou devagar até a porta de saída do hospital, que era espelhada, assim como todas as janelas do recinto. Isso me deixou agoniado. Eu queria poder ver o Sol! O ambiente fechado parecia ser atemporal, não se podia dizer se era dia ou noite.

A mulher parou minha cadeira bem em frente à saída e andou até a porta. Colocou a mão na maçaneta por dois segundos e desistiu de girá-la.

— Vamos até a rua. — pedi.

— Você ainda não pode sair do hospital. — disse Pitty, apontando com a cabeça para o lado direito, local de onde Roger nos observava.

O médico caminhou até nós, analisou uma prancheta que carregava nas mãos e solicitou:

— Priscilla, por favor, leve Adam de volta para o quarto. Ele será preparado para realizar alguns exames.

A mulher não respondeu. Apenas segurou minha cadeira de rodas e começou a traçar o caminho de volta. Porém, ela fez um percurso diferente: fomos em direção ao elevador de serviço, que já aguardava no térreo.

Assim que entramos, ela me virou e eu pude ver Roger correr em nossa direção, gritando:

— Espere!

A porta se fechou, isolando-nos do restante das pessoas. No instante seguinte, Pitty segurou minha mão e sussurrou:

— Eles não podem nos ver aqui. A câmera está com defeito. — ela apontou para uma semiesfera que ficava em cima da gente, pendurada no teto do elevador.

— O que está acontecendo? — indaguei, de forma contida.

— Estou começando a lembrar — disse ela, deixando uma lágrima escorrer pelo rosto. — Mas precisamos conversar em outro lugar...

Chegamos ao quinto andar. A porta do elevador se abriu e revelou que Gisele já me aguardava, com uma seringa nas mãos.

— Espere, espere! — gritei, quando vi que a enfermeira já planejava espetar meu pescoço. — Por que não posso fazer os exames acordado?

— Porque seria extremamente doloroso. — respondeu Gisele, olhando para Pitty.

Eu não estava convencido. Levantei os braços, na esperança de poder me proteger da agulhada. Gisele porém abaixou-se e espetou minha panturrilha esquerda, sem que eu pudesse fazer nada para evitar. Antes de apagar, voltei a olhar para Pitty e fiquei surpreso ao ver que ela estava pálida. Eu já não conseguia falar, apenas tive tempo de vê-la tossir e sujar um pequeno lenço de sangue.

CAPÍTULO TREZE

Visita

Acordei e percebi que Pitty me encarava. Ela estava ajoelhada e com o tronco inclinado, ao lado do colchonete em que eu estava deitado. Seus olhos estavam menos verdes que o normal. Na verdade, estavam adquirindo um tom azulado, mas o que mais me chamou a atenção foi a mancha roxa na maçã direita do seu rosto.

— Pitty, o que aconteceu? — perguntei, preocupado.

A mulher voltou a ficar ereta. Estava boquiaberta, olhando fixamente para o braço em que eu estava apoiado. Foi quando percebi que estava curado da grave fratura que havia sofrido.

— Por favor, conte-me o que aconteceu. — pedi calmamente.

Pitty coçou os olhos e começou a falar:

— Quando aquele monstro estava prestes a me atacar, tirei da minha bolsa o pedaço de teia laranja e esfreguei em seu rosto. Ele urrou de dor e acabou trombando em mim enquanto fugia. Acabei batendo a cabeça na parede, mas isso não foi nada, se comparado ao que você sofreu.

Pitty segurou o meu braço e começou a examiná-lo.

— Eu já sabia que suas feridas cicatrizavam rápido, mas não consigo me acostumar com isso. — revelou a mulher, passando a analisar meu peitoral. — Quando você desmaiou, tentei reanimá-lo inúmeras vezes, mas você parecia estar em coma. Não respondia a nenhum estímulo. Depois de algumas horas, os machucados de seu rosto começaram a suavizar, até que desapareceram completamente. Mas foi apenas durante a madrugada que escutei suas costelas estalarem. Então, depois de uma respiração mais profunda do que as habituais, elas voltaram para o lugar.

— Eu falei algo enquanto dormia?

— Não. Como eu disse, você ficou o tempo todo imóvel. Apenas respirava. Nem precisei imobilizar seu braço, pois, antes que eu percebesse, sua fratura já havia consolidado e, hoje, nem parece que existiu.

— Acho que tenho um sono realmente restaurador — falei sorrindo.

Pitty não disse uma palavra. Apenas fez com que suas mãos subissem do meu peito até o rosto. Então, ela me beijou. Assim que meus lábios deixaram os dela, falei baixinho:

— Isso parece tão real.

Pitty arregalou os olhos, numa mistura de espanto e indignação.

— O quê? — inquiriu ela.

— Esse meu sonho insistente! Eu sei que isso tudo é fantasia da minha cabeça, que você não está aqui de verdade, mas o seu beijo parece real!

Plaft!

Pitty desferiu um sonoro tapa na minha cara.

— E isso? Parece real? — quis saber ela.

— De fato, também parece real, mas não tanto quanto o seu beijo. — respondi, enquanto massageava o local agredido. O golpe não foi forte o bastante para me causar uma dor significante, mas Pitty não precisava saber.

— Adam, você acha que também não estou tendo dificuldades para absorver isso tudo? Pessoas saindo de casulos, passar o tempo fugindo de monstros, ver alguns se curando de uma forma que sei ser impossível?! — gritou Pitty, apontando o dedo indicador para minha face. — Mas não tento fugir da realidade. Sei que, se eu morrer aqui, acabou! Não vou acordar de um pesadelo. Já passou da hora de você aceitar isso e reconhecer que esse mundo é verdadeiro!

— Como?! — indaguei, pasmo. Aquela conversa estava me deixando completamente perdido.

— Deixe-me ver se consigo te ajudar.

Então, Pitty voltou a me beijar e, dessa vez, não parou.

Quase uma hora mais tarde, estávamos deitados no chão, juntos e em silêncio. Levantei-me e comecei a vestir minha camiseta branca, sob o olhar atento de Pitty. Foi quando tive um novo *flashback*:

***

Eu acabara de chutar e atirar em um homem caído no chão. Ao me aproximar para encará-lo, vi que era Roger e, ao seu lado, também desfalecida, estava Pitty. Ambos aguardavam a morte chegar. Eu não conseguira salvar a vida da mulher que amava.

***

Assim que recuperei a consciência, pegamos nossas coisas e começamos a caminhada de volta para o colégio. De início, quando nos olhávamos, era difícil evitar que um sorriso de cumplicidade aparecesse no nosso rosto. Todavia, ao lembrar de Tek, senti um frio na barriga e um arrependimento como se fosse uma agulha fina atingindo meu coração.

— Tek... — foi apenas o que consegui dizer.

Segundos mais tarde, Pitty se manifestou:

— Sinto muito, mas acredito que ele não sobreviveu. No estado em que se encontrava, não aguentaria mais uma noite. Tive que escolher entre voltar com os remédios ou cuidar de você...

Pitty não disse mais nada, mas pude perceber emergir um tom de culpa em sua voz. Apesar de a viagem de volta à escola ter sido curta, o silêncio já começava a se tornar constrangedor, criando um peso invisível em nossos ombros. Por isso, fiquei aliviado quando pude enxergar, mesmo que ainda de longe, a rede laranja.

Era quase meio-dia e não havia nuvens no céu. Tinha vontade de correr para verificar se Tek ainda estava vivo. Eu não iria me sentir nada bem se alguém morresse por minha causa, ainda que fosse em um pesadelo. Mesmo assim, optei por caminhar ao lado de Pitty, seguindo o seu ritmo e curtindo a sua companhia.

— Olhe! Parece que Roger colocou guardas na entrada da rede. Teremos mais segurança. — informou ela, apontando para o "buraco" na abóboda alaranjada, sem conseguir conter um pequeno sorriso de satisfação.

Entretanto, a minha visão estava muito mais aguçada que a dela. Por isso, em vez de dois vultos, percebi que eram Tek e Erika que conversavam, separados apenas pela teia bizarra.

— Tek está vivo! — comemorei.

— O quê? Como? — inquiriu Pitty.

Não respondi, pois tentava escutar o que os dois conversavam. Ainda estavam a uma distância superior a um quilômetro, mas eu queria saber se eu era capaz de fazê-lo.

— ...cumprindo ordens. Não devo deixar ninguém entrar aqui sem a permissão do Dr. Roger! — ouvi Tek falar.
— Por favor, deixe-me entrar. Estou com muita fome. Falarei com ele pessoalmente. — solicitou Erika, enquanto balançava uma pistola que tinha nas mãos.
— Jogue a arma no chão! — ordenou Tek.
— Tudo bem, irmão. — obedeceu Erika.

Em seguida, a mulher inclinou o pescoço para a esquerda e fitou o tornozelo direito de Tek, no qual havia uma grossa e sobressalente cicatriz, local em que havia sido arranhado pelo Rejeitado.

— Irmão? — perguntou Tek, aproximando-se da rede.
— Sim! Em breve você será um de nós! — explicou Erika.

Tek apontou a escopeta de cano duplo que segurava para a cabeça de Erika. A respiração do homem tornou-se curta e rápida.

— Pitty, acho melhor eu ir na frente. — informei, antes de sair em disparada.
— Um de vocês? Como assim? Você é um daqueles monstros?
— Abra a rede que irá descobrir. — desafiou Erika.
— Não preciso abri-la para meter chumbo na sua cara! — gritou Tek, no momento em que se preparava para atirar.
— Espere!!! — bradei, colocando-me entre os dois. — Ela é uma amiga. — menti.
— Amiga de meu inimigo é minha inimiga. — cuspiu Tek, ainda com o dedo no gatilho.
— Quem disse que eu sou seu inimigo, homem? Abaixe essa arma! E se você atirar, vai danificar a nossa maior proteção contra os Rejeitados.

Erika riu assim que ouviu a última palavra. A essa altura, Tek já me considerava um possível alvo e revezava a mira de sua arma entre mim e ela. Ele só parou o movimento ritmado e ameaçador quando Pitty nos alcançou e, ignorando o que estava acontecendo, abriu a rede.

— Deixem de briga. Vamos todos entrar e conversar lá dentro. — pediu ela.

Pitty já havia entrado quando Tek a segurou pelo braço de forma agressiva e gritou:

— Você não manda aqui, mulher!

Pitty soltou um gritinho e arregalou os olhos, em razão da súbita abordagem.

— Pare com isso! Nós fomos buscar remédios para salvar você! — desabafou ela.

— Se dependesse de vocês, eu já estaria morto. Foi o doutor quem me salvou, por isso só deixarei vocês entrarem quando ele autorizar.

Tek começou a erguer Pitty do solo com facilidade, mesmo utilizando um único braço. Eu não iria permitir que aquele imbecil a machucasse! Porém, nem precisei agir.

Com a agilidade de um felino, Erika pulou pelo buraco da rede, sem tocá-la, rolou no chão e já se levantou chutando a área genital de Tek. O mais incrível é que o homem não pareceu ter sentido o golpe. Apenas olhou para Erika e, sorrindo, falou:

— Isso é o máximo que consegue fazer? Acabou de cometer suicídio, aberração!

— Ainda não acabei...

Erika pulou no braço em que Pitty estava sendo erguida e o mordeu.

Desta vez, Tek urrou de dor, soltando a mulher. Eu já estava cansado de assistir. Desferi um soco no rosto de Tek forte o suficiente apenas para nocauteá-lo.

Pitty nos agradeceu e massageou o braço. Provavelmente, ficaria roxo mais tarde. Fechei o buraco na rede e encarei Erika. Desconfiava de suas intenções, mas não queria vê-la morrer.

Andamos um pequeno trecho, seguindo Pitty, até encontrarmos Roger, que já se dirigia até o local, acompanhado de três homens, sendo que o maior deles era um ruivo que eu não conhecia.

— Boa tarde! Sejam bem-vindos! — disse o médico. — Eu estava preocupado com vocês!

Tive vontade de pular em cima dele e desfazer aquele sorriso cínico, mas, ao sentir a mão gelada de Erika segurar meu braço, decidi esperar.

— Esse é o mais novo desencasulado. Como não se lembra nem do próprio nome, decidi chamá-lo de Nº 9. E quem é essa nova amiga de vocês?

— Ela se chama Érika e, assim como nós, mal pode esperar para comer um bom prato de comida. Será que temos a permissão de ir ao refeitório? — perguntou Pitty, deixando transparecer mais ironia em suas palavras do que era recomendável naquela situação. Eu podia sentir o perigo brilhar no verde dos olhos de cada um daqueles homens.

— Claro! Ela também está convidada para passar a noite aqui. Agora, dê-nos licença, tenho algumas coisas para resolver. — disse Roger, retirando-se.

Chegando ao refeitório, eu mesmo preparei uma macarronada para nós três. Erika não parecia ser aquela mulher que me atacara. Era educada e bem-humorada e, apesar de ter dito que estava com muita fome, mal tocou na comida. Dirigi à visitante um olhar de desconfiança. Olhei no fundo dos seus olhos cor de mel e tentei desvendar aquele enigma.

— Adam?! — ouvi a voz de Pitty me despertar.
— Oi?
— O que você acha? — perguntou ela.

Fiz uma cara de interrogação, arqueando as sobrancelhas.

— Eu perguntei se você não achava melhor irmos logo conversar com Roger sobre o que aconteceu. Mas parece que você estava bastante entretido, né? — indagou Pitty, fitando-me.

Eu não soube o que responder. As palavras, simplesmente, fugiam de mim. Quando virei a cabeça para o lado, percebi que Erika também tinha desaparecido. Levantei-me, mas, antes que eu fosse procurar Erika, Pitty perguntou:

— Você já conhecia essa mulher?
— Já. — respondi, voltando-me a sentar. — Eu a encontrei dias atrás, mas ela estava diferente: era uma Rejeitada. Chegou a me atacar várias vezes. Na verdade, foi ela quem provocou os ferimentos para os quais você me ajudou a fazer os curativos. Não sei o que ela pretende, mas não acredito em nenhuma palavra que disse.

Pitty balançou a cabeça positivamente. Em seguida, beijou-me e, abraçando-me, sussurrou:

— Precisamos encontrá-la!

Eu estava aproveitando o aperto reconfortante para sentir o perfume gostoso dos cabelos de Pitty quando, de repente, ela me empurrou. Estava boquiaberta e com os olhos arregalados, encarando a entrada dos fundos do refeitório, que estava às minhas costas. Virei-me e não vi nada de diferente.

— Roger viu e ouviu tudo. — explicou ela. — Vá atrás de Erika e mande ela ir embora, imediatamente. Deixe que eu me acertarei com ele.

— Pode ser perigoso para você! — tentei argumentar.

Ouvimos então um grito estridente vindo do ginásio.

— É Erika. — afirmei.

— Vá logo! Roger deve ter ido para a sala da diretoria, onde guarda as armas e os itens mais valiosos. Eu vou encontrá-lo!

Corri em direção ao ginásio, mas Erika já estava no centro do acampamento, sendo imobilizada por N° 9.

— Chamem o Doutor Roger! Essa maluca tentou matar uma pessoa que ainda estava no casulo — disse o homem ruivo e musculoso.

— Deixe-me beber só mais um pouco! — gritou Erika, enquanto sorria debilmente e tentava se desvencilhar do homem, que segurava-lhe os braços para trás.

Pude ver que um líquido verde e brilhante escorria pelos lábios da mulher.

Ela estava sangrando?, pensei.

— Ei! Solte-a! — gritei para o N° 9.

Mas, nesse momento, Tek, que já parecia estar bem, e os outros dois homens desencasulados me cercaram. Antes que eu pudesse falar qualquer outra palavra, os três atacaram. Eles eram muito mais perigosos do que eu imaginava. Tive de usar todas as minhas habilidades para me esquivar dos golpes iniciais e revidar com um novo soco no rosto de Tek, desta vez forte o bastante para lhe arrancar um dente.

Porém, ao ser atingido, o homem sequer se desequilibrou. Os outros dois aproveitaram a brecha na minha defesa para me segurar por trás, cada um prendendo um dos meus braços. Tek sorriu e desferiu um gancho no meu estômago. Senti uma dor excruciante, que me fez colocar para fora parte do almoço. Tek caminhou até Gisele, que assistia ao evento paralisada, e pediu que ela lhe entregasse a espingarda que segurava. Era a arma que Roger utilizava. Provavelmente, o médico devia ter encontrado uma melhor.

Gisele fez o que lhe foi solicitado. Então, Tek passou a mão na lâmina enferrujada da faca que servia de baioneta e caminhou vagarosamente em minha direção. Usei toda a minha força para tentar escapar, mas, assim como Erika, eu não conseguia me desvencilhar da imobilização.

Mantendo a espingarda ao lado do corpo, Tek puxou a arma para trás e preparou-se para atacar utilizando a baioneta. Antes, porém, abriu a boca num sorriso exagerado, mostrando que o meu golpe, de fato, havia arrancado um de seus caninos. Em seguida, falou:

— Vai desejar não ter feito isso!

Ele executou o movimento que eu temia. Pude ver a lâmina avançar na direção do meu corpo, sem que pudesse fazer nada para impedir. Contraí os músculos abdominais, na esperança de reduzir o dano que estava por vir.

— Pare! — gritou Roger, fazendo com que Tek interrompesse a investida quando a lâmina estava a apenas um centímetro da minha pele. — Teckard, eu não autorizei que você matasse ninguém! — esbravejou o médico, furioso.

Tek empurrou um pouco a arma que segurava, fazendo com que a ponta da lâmina cortasse a minha pele e brotasse um filete de sangue.

— Dê-me a arma, Teckard. — mandou Roger.

Tek recuou e obedeceu, fazendo uma careta.

— Soltem eles! — voltou a ordenar o médico, ao que foi prontamente atendido.

Assim que pude mover livremente o meu corpo, corri até Erika, que gargalhava. Roger caminhou até nós dois e parou a pouco mais de dois metros de distância. Pigarreou, colocou a espingarda pendurada no ombro e, em seguida, apoiou ambas as mãos atrás da cabeça, entrelaçando os dedos. Todos estavam em silêncio, ansiosos para saber o que ele faria. Roger sorriu com a boca fechada, logo antes de falar para Erika:

— Eu errei ao te aceitar como visita. Não podia imaginar que você fosse um daqueles monstros e que tentaria matar um dos nossos, que ainda está indefeso dentro de um casulo.

— Mais! — gritou a mulher, como resposta.

— Corrigirei o meu erro. — decretou Roger, empurrando a baioneta da espingarda em direção ao coração de Erika.

Com as duas mãos, consegui segurar a arma pelo cano, antes que a lâmina atingisse a mulher. Eu usava toda a minha força, enquanto Roger forçava a arma apenas utilizando um dos braços. Mesmo assim, ele pareceu surpreso por eu ter mostrado alguma resistência.

— Por favor, não faça isso. — implorei.

Roger recuou por um instante e jogou a arma no chão. Em seguida, tentou me acertar um soco surpresa. Utilizando ao máximo a minha velocidade sobrenatural, consegui desviar.

— Hum... você também está rápido. — disse ele, coçando o queixo com a mão esquerda. — Mas será que é mais rápido que eu?

Eu nem vi como fui golpeado. Quando dei por mim, percebi que estava do outro lado do acampamento, jogado no chão. Pitty chegou e veio correndo me ajudar. Roger nos direcionou um olhar cheio de ódio e segurou Erika pelo pescoço.

Nesse momento, um clarão iluminou o céu, deixando-o branco por um momento. Erika olhou para cima e gritou:

— Eles estão chegando, precisamos fugir para o Oasis...

Antes que ela terminasse de falar, Roger perfurou seu coração com a baioneta.

— Nããão! — gritei, inconsolado.

O corpo sem vida de Erika caiu no chão. Logo uma pequena poça de sangue verde se formou.

— Ela era só mais um daqueles monstros. — disse Tek.

— Acabou a festa. Voltem para os seus afazeres! — complementou Roger.

Exceto Pitty, que chorava, as outras pessoas agiram como se tivessem visto algo corriqueiro. Assim, começaram a se dispersar rapidamente.

— Alguém, por favor, queime esse lixo! — solicitou Roger, apontando para o corpo de Erika.

— Eu e Adam vamos enterrá-la. — disse Pitty, enxugando as lágrimas.

— Mas isso vai atrair mais deles. — ponderou Roger.

— Vamos enterrá-la longe daqui. Eu a conhecia. Ela merecia mais do que isso! — insistiu Pitty, com a voz firme.

Então, sem esperar concordância, começou a arrastar o cadáver. Levantei-me para ajudá-la. Dessa forma, ganharia mais tempo para decidir o que fazer. Coloquei Erika sobre os ombros e comecei a caminhar em direção à saída da escola. Pitty seguia à minha frente. Ao notar que ela já carregava a sua mochila de viagem, perguntei:

— Você já planejava sair do acampamento hoje?

Ela olhou para trás, tentando ter certeza de que ninguém nos ouvia, então disse:

— Teria algum problema se nós não voltássemos mais para cá?

Respondi sem precisar pensar:

— Não. Você é a única razão para que eu volte.
Pitty sorriu brevemente.
— Tem alguém vindo. — ela anunciou.
Eu já sabia, pois podia sentir passos distantes fazerem o chão tremer levemente.
— Deve ser o Nº 9. — arrisquei.
Depois de poucos segundos, descobri que estava certo.
— Doutor Roger pediu que eu ajudasse vocês a enterrar isso aí. — explicou ele.
— Tudo bem... — disse Pitty, olhando-me de esguelha.
Atravessamos a rede laranja e seguimos em direção ao norte. Caminhamos em silêncio por quase duas horas, quando o Nº 9 solicitou uma parada. Agachei para repousar o corpo de Erika no chão e, antes que me levantasse, fui surpreendido por um estampido. Instantes depois, senti um ardor nas costas.

Nº 9 acabara de atirar em mim. Pitty não teve tempo para protestar, pois uma injeção aplicada por ele em seu pescoço a fez desmaiar. Lembrei-me de que minha arma continuava descarregada, mas senti que ainda tinha forças para lutar. Avancei na direção de Nº 9, mas o que encontrei foram mais duas balas no peito. Continuei de pé, por isso precisei ser alvejado mais duas vezes nas pernas para que caísse no chão.

Mesmo estando naquela situação, sabia que em pouco tempo meus ferimentos estariam curados. Eu não tinha esse tempo, entretanto, pois a noite estava chegando. Quando o Sol desaparecesse, levaria com ele a minha consciência. Além disso, Nº 9 se aproximou para me apresentar um problema ainda maior. Ironicamente, ele se mostrava na forma de um pequeno projétil, que se deslocou velozmente até atingir minha testa e perfurar meu crânio, fazendo-me apagar.

CAPÍTULO CATORZE

Mensagem

Assim que abri os olhos, levei a mão direita à testa. Apesar da intensa dor de cabeça que sentia, não havia qualquer buraco de bala ou mesmo cicatriz. *Tudo não passou de um terrível e insistente pesadelo!*, pensei.

Então, comecei a prestar atenção em minha respiração ofegante, na intenção de controlá-la. Quando consegui me acalmar, fiquei feliz ao notar que já conseguia mexer o dedão do pé esquerdo. Era um avanço! Poderia demorar, mas acreditava que voltaria a andar.

Instantes depois, Pitty entrou no meu quarto. Contudo, ao vê-la, em vez de alegria, tomei um susto: ela estava com uma mancha roxa no lado direito do rosto, muito parecida com aquela que a mulher adquirira recentemente no mundo dos casulos.

— O que foi isso? — perguntei antes mesmo de cumprimentá-la.

A mulher parou e me encarou, como se tentasse descobrir sobre o que eu estava falando.

— A mancha roxa no seu rosto! O que aconteceu?

— Ah! Eu escorreguei enquanto tomava banho e acabei batendo a cabeça na parede do banheiro. — respondeu ela, olhando para o chão.

— Você tem certeza? — indaguei, mesmo sabendo que ela estava mentindo.

— Claro. O que mais seria? Este hospital é um dos lugares mais seguros do mundo. Quase todas as salas são devidamente vigiadas.

Assim que terminou a frase, Pitty virou o rosto sobre os ombros e olhou para a câmera que ficava no canto superior do quarto. Ela estava visivelmente incomodada. Nem mesmo disfarçou ao mudar de assunto:

— Como você está se sentindo hoje?

— Por que o súbito interesse pela minha saúde? Há poucos dias você nem mesmo falava comigo...

Infelizmente, eu não estava com humor para bate-papo. Sabia que algo estava errado e que eu nada poderia fazer para mudar. Nem mesmo conseguia ficar em pé! A dor de cabeça parecia potencializar a minha sensação de frustração.

— Vamos passear um pouco? Será que você consegue sentar na cadeira de rodas com a minha ajuda? Vamos tentar.

Pitty se aproximou e a minha primeira reação foi tentar repeli-la. Porém, quando senti seu abraço cheiroso e o esforço que ela fazia para tentar me levantar, decidi ajudar. Apoiei meu peso nela, por um instante, até sentir meu corpo cair como se fosse uma pedra em cima do tecido preto e grosso da cadeira de rodas.

— Pronto! — disse ela, respirando fundo.

Então, abriu a porta do quarto e começou a me empurrar pelo corredor iluminado, numa velocidade maior do que seria recomendável. Assim que viramos à primeira direita, demos de cara com Gisele.

— Olá! Para onde estavam indo com tanta pressa? — perguntou a mulher, sorrindo.

— Nos últimos dias, vocês têm levado o Adam para o laboratório do subsolo, nós gostaríamos de conhecê-lo.

— Vocês não conseguiriam ir até lá sozinhos, pois a entrada naquele pavimento é restrita aos funcionários. É necessário ter um crachá. — disse Gisele, cessando o sorriso.

— Pelo menos poderíamos ver pelas câmeras? — insistiu Pitty, com um olhar ligeiramente infantil.

— Aquela área não é vigiada. Pois não há nada além de aparelhos caros e desinteressantes. Agora, vamos nos preparar para a bateria de exames de hoje? — disse a mulher, sacando do bolso uma seringa com um líquido verde.

— Espere! Estou com fome. Acabei de acordar. — protestei.

— Não se preocupe. Mesmo não estando consciente, você será alimentado. — ponderou Gisele. — Ah! Priscilla, o seu terapeuta disse que hoje você receberá alta. Poderá voltar para casa e continuar o tratamento de lá.

— Não lembro da minha casa ou da minha família! Desde que acordei, passei tanto tempo presa nesse hospital que ele acabou se tornando meu lar. — disse Pitty, que não parecia ter ficado contente com a informação.

— Você não estava presa, querida. Mas sua família achou melhor mantê-la aqui até que melhorasse. O mundo lá fora é cruel, ainda mais com pessoas como vocês, doentes e desmemoriadas.

Gisele se aproximou, pronta para me sedar novamente. Dessa vez, eu não ia tentar reagir. Apenas queria ficar livre daquela enxaqueca quase insuportável. Porém, quando Gisele trazia a agulha na minha direção, Pitty segurou o seu braço e empurrou a seringa no pescoço da própria enfermeira.

— Aaaii! — gritou a mulher. — O que você fez? — perguntou, ajoelhando-se desorientada.

Antes que Pitty explicasse, Gisele já estava estirada no chão.

— O que foi isso? — indaguei, pasmo.

— Não temos muito tempo. — respondeu ela, pegando o crachá do pescoço da enfermeira.

Em seguida, voltou a empurrar a cadeira de rodas, dessa vez correndo explicitamente. Entramos no elevador e, antes que a porta de metal de fechasse, vimos Tek correr para tentar nos alcançar. Pitty não disse uma palavra, apenas seguiu até chegar na entrada de uma sala que eu já conhecia: era o local onde eu havia encontrado o Monstro no Mundo dos Casulos. A mulher usou o crachá furtado para destravar a porta, que tinha a mesma inscrição: *Equipado pela O.A.S.I.S.*

Todavia, o interior da sala era diferente do que eu imaginava: dezenas de máquinas gigantes decoravam o lugar. Eu não tinha a mínima ideia para que serviam e nem tive tempo para tentar descobrir, pois Pitty se agachou à minha frente e começou a falar apressada:

— Adam, acho que aqui poderemos conversar em segredo. Ontem, no elevador, quando tentei te alertar, acabei ganhando isso. — ela apontou para a mancha roxa no seu rosto. — Roger me bateu, por ciúmes de você.

— O quê? Quando eu puder, vou dar um soco naquele covarde! — gritei, esmurrando o braço da cadeira, que entortou levemente.

— Eu mal lembro de ser mulher dele! Não lembro de meu irmão, mas lembrei de você! Nós éramos amantes e quando íamos assumir nosso romance, o acidente aconteceu.

— Que acidente?

— Não me recordo direito, apenas sei que houve um intenso clarão. Tenho certeza de duas coisas: de que eu te amo e que você precisa ficar bom e sair daqui o mais rápido possível!

— O quê? Não consigo acreditar... eu não esqueceria de você!

Então, ela aproximou seus lábios dos meus e me beijou. Apesar de ter sido pego de surpresa, retribui da melhor forma que pude. A sensação era tão semelhante àquela que eu vivenciara no Mundo dos Casulos, que pensei estar vivendo um *déjà vu*.

— Por favor, não esqueça. — suplicou ela, ao afastar o rosto do meu. Eu senti um clima de intimidade que me deu a impressão de que nos conhecíamos há muito tempo.

De repente, a porta de entrada voltou a se abrir, revelando a imensa figura de Tek, que usava seu costumeiro traje amarelo, deixando à mostra apenas o seu rosto.

— Vocês não deviam estar aqui! — bradou o homem.

Então, ele empurrou Pitty e desferiu um soco no meu rosto, derrubando-me da cadeira de rodas. Em seguida, injetou um líquido no meu pescoço, que me fez adormecer.

CAPÍTULO QUINZE

Explicação

Despertei e fiquei um tanto aturdido ao perceber que estava deitado na cama de um apartamento que nunca vira antes. O Sol nascia devagar no horizonte e já iluminava de forma suave o ambiente. A julgar pela decoração predominantemente rosa e a quantidade de bonecas e livros infantis espalhados por uma estante de madeira, aquele parecia ser o quarto de uma criança. Eu trajava roupas que não reconhecia: calça jeans cinza e uma camisa laranja com gola em forma de V. Estranhamente, também não me lembrava de tê-las vestido.

Levantei-me e corri para o espelho que ficava preso na porta de um armário branco. Aproximei-me devagar, com medo de confirmar o que meu reflexo pretendia me mostrar. Não demorou para ter certeza de que a mancha esbranquiçada e em alto relevo que enfeitava a minha testa era uma cicatriz.

De repente, senti uma forte tontura. Coloquei as mãos no espelho para me apoiar e, sem querer, acabei quebrando-o em dezenas de pedaços, que caíram no piso frio produzindo uma breve melodia descompassada.

Enquanto eu ainda estava imóvel, torcendo para que o súbito mal-estar fosse passageiro, ouvi a porta do quarto se abrir. Quando vi que era Erika apontando uma pistola para mim, não sabia se deveria ficar preocupado ou aliviado.

No entanto, logo Pitty apareceu atrás dela, também segurando uma arma na minha direção.

— Adam? — perguntou a mulher loira, que ainda ostentava uma cara de sono.

— Oi? — respondi, quando a tontura finalmente começou a ceder.

Ao escutarem a minha voz, as duas abaixaram as armas, mas apenas Pitty correu para me abraçar. Seu corpo pareceu tão frágil e pequenino. Tomei cuidado para não a apertar demais.

— Pensei que você estivesse morto! Não acreditei quando ela disse que você acordaria! — revelou Pitty, caindo no choro.

— Agora ele precisa comer! — disse Erika com a voz imperativa, interrompendo o momento.

— Espere! O que aconteceu? — perguntei, ainda segurando a mulher em meus braços.

— Venha! Contarei no caminho, enquanto isso, vá se alimentando.

A mulher se virou e se preparou para deixar o cômodo, mas eu a impedi com uma única palavra:

— Não!

Erika congelou, ainda de costas para mim.

— Não vou sair daqui até você me explicar o que está acontecendo. Você estava morta! E eu também deveria estar, pelo menos nesse mundo!

Pitty desfez o abraço e me olhou com a cara fechada. Erika se virou e se aproximou de nós. Seus olhos haviam deixado de ser verdes e estavam pretos. Num movimento explosivo, ela abriu a jaqueta preta que utilizava, mostrando seu generoso decote e, logo abaixo, uma cicatriz avermelhada na direção do seu coração.

— Eu me curei, assim como você! Agora não tenho tempo para maiores explicações. Se você não quiser vir comigo, fique à vontade. Mas talvez você e essa mulher não tenham tanta sorte na próxima vez que enfrentarem a verdadeira morte.

Erika deixou o quarto antes mesmo que eu pudesse dizer algo. Pitty segurou no meu rosto e sussurrou com a voz doce:

— Adam, por favor. Escute o que ela está dizendo. Erika salvou nós dois. Agora, temos que sair daqui depressa. No caminho, vamos te colocar a par dos acontecimentos.

Depois das palavras de Pitty, contraí firmemente o maxilar. Eu estava ainda mais ansioso para obter informações, porém, decidi escutá-la. Quando balancei positivamente a cabeça, foi suficiente para que ela deixasse o quarto, sendo seguida de perto por mim.

Era um apartamento pequeno e com poucos móveis. Erika já nos esperava na porta da sala. Quando me viu, jogou um saco na minha direção.

— É seu café da manhã. Comece a comer imediatamente e só pare quando não couber mais nada no seu estômago. Você precisará de energia! — advertiu ela.

Eu realmente estava com muita fome. Abri uma lata de pêssegos e comecei a devorá-la enquanto descíamos as escadas para deixar o edifício. Ao sair, percebi que se tratava de um prédio branco com listras roxas, construído em frente a uma pequena praça.

— Ei! Para onde estamos indo?

— Vamos pegar um dos poucos veículos que ainda funciona. — informou Erika.

— Tudo bem, mas acho que agora é hora de me contarem o que está acontecendo.

CASULOS

Já ofegante com a caminhada, foi Pitty quem começou a falar:
— Ainda no acampamento, quando fui atrás de Roger, destranquei e entrei na sala da diretoria pela primeira vez. Foi quando descobri que tinha um casulo lá! O pior foi que assisti a uma das piores cenas que consigo recordar: flagrei Roger sugando uma espécie de líquido verde através do apêndice do casulo.
— É o Néctar! — explicou Erika, deixando escapar um involuntário sorriso antes de continuar. — É assim que chamamos o líquido pastoso e brilhante que sai dos casulos preenchidos.
— Eu pedi para que Roger parasse, mas ele me ignorou. Continuou sugando esse tal de Néctar e só parou quando sorveu a última gota. Então, saiu correndo numa velocidade impressionante! Quando me aproximei para verificar como estava o casulo, percebi que ele havia mudado. — Pitty parou por um instante, tentando, sem sucesso, realizar uma inspiração profunda. — O casulo escureceu e o corpo do homem que estava dentro começou a desintegrar devagar, até se liquefazer por completo.
Pitty passou a caminhar olhando para o chão. Parecia que falar sobre o ocorrido havia contribuído para exaurir o seu fôlego. Segurei a sua mão fria.
— O que esse Néctar faz, Erika? Foi por isso que você se curou? Quando te pegaram no ginásio, você estava bebendo de um casulo? — perguntei, interrompendo a caminhada.
Sem parar, Erika começou a falar baixo.
— Até onde sei, todos os seres humanos foram colocados em casulos para que fosse produzido o Néctar, que tem características únicas e concede poder àqueles que o bebem, como a habilidade de regeneração. Porém, algumas pessoas não se

adaptaram à situação e, assim como eu, acabaram sendo expelidos com deformidades físicas ou mentais, mas com força e velocidade sobrenaturais.

— São os Rejeitados. — completou Pitty, enquanto acelerei o passo até me posicionar ao lado de Erika. — Eles sentem o cheiro de outros casulos e possuem a necessidade de beber o néctar. Erika explicou que, quando bebem, a instabilidade mental e as deformidades diminuem.

— Mas não somem, aparentemente. — eu disse, ao analisar os olhos sedentos de Erika.

— Quanto mais tempo ficamos sem beber o Néctar, piores as consequências. — advertiu ela, comprimindo os olhos e dirigindo-me um olhar periférico e intenso. — Eu preferia estar dormindo dentro de um casulo do que vivendo nesse mundo deserto com uma sede sem fim, mas isso é impossível.

Aquelas palavras atingiram-me como se fosse um tiro no peito. Erika só podia estar louca! Arregalei os olhos e gritei:

— Mentira! Você fala isso agora! Depois de ter matado não sei quantas pessoas que estavam presas e indefesas dentro de um casulo! Além de ter me atacado inúmeras vezes!

Erika continuou caminhando, ignorando minha fúria repentina. Pitty estava calada e pensativa. Ela parecia refletir sobre informações que eu ainda não tinha.

— Não matei ninguém. Pouco tempo depois de bebermos de um casulo, ele se abre, pois a pessoa que está dentro acaba sendo contaminada e também virando um Rejeitado. Mas você me dirá em breve se estou mentindo. — sentenciou Erika.

— Aqueles que são feridos por um Rejeitado têm o mesmo destino. Apesar de você ser mais resistente, é só uma questão de tempo até que não consiga mais enfrentar a infecção e suas lesões permaneçam abertas.

CASULOS

Olhei para as recentes cicatrizes no meu corpo e senti um frio na barriga. *Isso realmente é um pesadelo. Ainda bem que, em breve, vou acordar!*, pensei, consolando-me. Então, decidi fazer a pergunta que parecia estar entalada na minha garganta:

— Você utilizou o Néctar para me salvar?

Erika deu uma gargalhada curta e sombria antes de responder:

— Claro que não! Seria um desperdício! — Erika passou a língua ao redor da boca, como se ainda tentasse sorver uma última gota de Néctar esquecida em seus lábios. — Você é diferente, mas só sobreviveu porque teve sorte. Se a ferida no seu braço, causada pela mordida do Rejeitado, ainda estivesse aberta, significaria que o seu corpo ainda estaria lutando contra a infecção e você não teria como se recuperar de um ferimento fatal. Mas parece que suas forças já haviam sido restauradas completamente desde a última contaminação, por isso conseguiu se regenerar.

Foi quando entendi por que a gosma verde sugava minhas energias e percebi que, se tivesse levado o tiro enquanto estava infectado, não teria motivos para sobreviver, ao menos naquele mundo.

— E por que eu me regenero sem beber o Néctar? — indaguei.

— Não sei. Você é diferente. — simplificou Erika.

— O que aconteceu com Nº 9? — perguntei.

— Eu dei um jeito nele. — disse Erika, voltando a lamber os lábios e apressando o passo.

Caminhamos em silêncio até que comecei a reconhecer o caminho que trilhávamos: estávamos indo em direção ao Hospital Geral.

— Ei! O que vamos fazer naquele lugar? — perguntei com a voz mais trêmula e fraca do que gostaria.
— Partiremos de lá. No fundo do hospital tem uma ambulância que ainda funciona. Meu marido conseguiu consertá-la há muito tempo, mas nunca teve a oportunidade de utilizá-la como desejava.
— O que aconteceu com ele? — Pitty perguntou, mas Erika não respondeu.
— Esse hospital não me traz boas recordações. — tentei argumentar.

Pitty segurou-me pelo braço, antes de falar:
— Já contei a Erika sobre o Monstro, mas ela disse que, se ele aparecer, saberá como lidar com a situação.
— O quê? — gritei sorrindo. — Duvido! Mas não é só isso que me preocupa. Já passo o dia todo naquela merda de hospital. Não quero que os meus sonhos também me levem para lá!

Em resposta ao meu protesto, Erika apenas balançou a cabeça negativamente. Pitty colocou a mão esquerda sobre a testa e abriu a boca, sem dizer uma palavra. Respirei fundo e decidi atuar no meu papel:
— Erika, diga-me, por favor. Você sabe quem fez isso tudo? Quais são os responsáveis por colocar pessoas nos casulos?

Como eu imaginava, a mulher demorou para responder. Contudo, quando ouvi as palavras seguintes de Erika, elas fizeram mais sentido do que eu queria admitir:
— Quem fez isso conosco e com o mundo? Foram os Viajantes! Eles foram embora, mas de tempos em tempos retornam para levar alguns casulos e matam os Rejeitados e contaminados que encontram pelo caminho, por não servirem aos seus propósitos. Eles estão chegando, por isso temos que fugir e nos esconder.

CASULOS

— Como você sabe que eles estão vindo?
— Um grande clarão anuncia uma chegada próxima. Um segundo lampejo, ainda mais intenso, simboliza o fim da viagem.
— Explique! Como é isso?
Ainda era por volta do meio-dia quando, de repente, o céu tornou-se branco por alguns segundos.
— É assim. Eles chegaram. — disse Erika, começando a tremer.
Pitty segurou minha mão e começou a me puxar, querendo que eu corresse. Contudo, aquela luz parecia me hipnotizar. Eu não conseguia parar de olhar para o céu. Estava cansado, sem vontade de andar, muito menos correr. Apenas fechei os olhos e caí no sono. Só não caí também no chão porque as duas me seguraram.

CAPÍTULO DEZESSEIS

Terapia

Lá estava eu, de volta ao hospital. O curioso foi que, quando acordei, estava deitado numa confortável poltrona acolchoada. Quando vi que Jim estava na minha frente, segurando um livro de psicanálise, notei que ali era um divã.

— Olá, Adam. — cumprimentou-me o homem, retirando os óculos de grau que usava apenas para leituras.

— Quanto tempo fiquei inconsciente? — perguntei assustado.

— O que você acha? — respondeu ele, com outra pergunta.

Para mim, aquilo não fazia sentido, mesmo assim, respondi forçosamente:

— Não tenho a menor ideia. Onde está Pitty?

— Acredito que foi você quem a viu por último. — disse o homem, com um olhar desconfiado.

— Precisamos encontrá-la! Ela pode estar em perigo!

Tentei levantar rapidamente, mas não encontrei forças para fazê-lo. Tinha me esquecido de que minhas pernas não funcionavam. Jim lançou-me um olhar curioso. Em seguida, pegou um pequeno bloco de notas na mesa ao lado e realizou alguma anotação.

— Não se preocupe com minha irmã. Tenho certeza de que deve estar bem. Agora, diga-me, do que tem se lembrado ultimamente?

CASULOS

Não gostei da suposição, tampouco da forma como ele mudou de assunto. Por isso, protestei com o silêncio.

— Escute... — iniciou Jim, como quem tenta explicar algo óbvio para uma criança. — Você está tomando remédios muito fortes e um dos efeitos colaterais é a ocorrência de alucinações. Nós ficamos preocupados porque praticamente não conseguimos detectar atividade cerebral quando você dorme. É como se você entrasse em um tipo de coma profundo todos os dias. Por isso, quero saber se você lembra de algo quando acorda.

Até pensei em continuar calado, afinal, minhas palavras eram uma das poucas coisas que eu podia controlar. Contudo, minha curiosidade suplantou meu orgulho:

— Ultimamente, tenho tido um pesadelo insistente. — confessei.

— Conte-me sobre ele. Quem sabe, não posso ajudar a esquecê-lo?

Notei que uma garrafa com água e copos plásticos estavam à disposição, numa mesinha ao meu lado. Bebi três copos antes de continuar:

— No pesadelo, estou em um mundo cheio de casulos e pessoas estranhas. O que me deixa confuso é que, apesar de ser recorrente, ele nunca é igual.

Jim olhou nos meus olhos, como se tentasse decidir o quanto de crédito daria para as minhas palavras. Depois de fazer mais algumas anotações, resumiu:

— Mas você sabe que esses pesadelos não são reais, certo?

Acredito que o meu prazo para resposta expirou mais rápido do que eu desejava, pois foi o próprio Jim quem continuou:

— Acho que as drogas utilizadas não estão te fazendo bem. Receio ter que diminuir as doses ou, até mesmo, interromper seu tratamento. Talvez você não volte a andar... mas seria ainda pior se você perdesse completamente a lucidez.

Aquelas palavras atingiram-me como se fossem facas afiadas entrando na minha carne. O fato de eu ter a sensação de que Pitty precisava de minha ajuda, aliado à capacidade que eu tinha de quase voar no Mundo dos Casulos, tornava cada vez mais difícil a adaptação àquela dificuldade de locomoção. Meus dedos dos pés mexiam, mas era só!

— Não há nada que os médicos possam fazer? — perguntei, ofegante.

— Os médicos daqui não. Porém, alguns especialistas estrangeiros obtiveram sucesso num caso parecido com o seu. Eu poderia tentar contatá-los, mas alerto que seria um procedimento cirúrgico bastante arriscado. Sugiro que pense bastante a respeito antes de tomar qualquer decisão.

— Eu aceito os riscos! Onde devo assinar? Podem chamá--los! — anunciei rapidamente.

— Calma, calma. Por sorte, eles estão no país. Verei se podem vir até o hospital para examiná-lo. Se você optar por esse caminho, teremos que correr contra o tempo para aproveitar enquanto os efeitos do tratamento continuam ativos. Agora, você deve descansar. A senhorita Gisele vai levá-lo para o seu quarto.

— Por favor, dê-me notícias sobre Pitty!

— Tudo bem, amanhã conversaremos a respeito.

Jim levantou-se e saiu do consultório, deixando-me sozinho com meus pensamentos. Minutos mais tarde, a porta voltou a se abrir, mas não foi Gisele quem entrou.

— Olá, Adam! — disse o Dr. Roger, sorridente.

Instintivamente, apertei os braços da poltrona com toda a

minha força, deformando-a temporariamente. Queria expressar toda a minha raiva através de ameaças cheias de ódio. Porém, se Pitty se esforçara tanto para conversar comigo em segredo, seria mais inteligente fingir que não sabia de nada.

— Olá, doutor. — respondi com um sorriso forçado.

— Eu soube que você e minha mulher andaram visitando a área restrita. Fiquei preocupado, pois aqueles que não entram lá com a vestimenta adequada podem acabar se contaminando com alguma doença perigosa. — explicou ele, enquanto mexia com um pequeno globo terrestre que estava sobre a mesa de Jim. — Sorte que Teckard foi rápido em aplicar um antídoto em vocês dois...

— Onde está Pitty? Ela está bem?

Roger bisbilhotou a mesa de Jim até encontrar o bloco de anotações que o dono do hospital tinha usado há pouco. O médico leu rapidamente o seu conteúdo, antes de responder, sorridente:

— Sim, sim! Ela está bem. Decidiu continuar o tratamento em casa. Já avisei a Jim. Ele estava ficando desnecessariamente preocupado.

— Será que eu poderia falar com ela?

Roger encontrou dificuldades para encenar uma cara de tristeza, que quase parecia uma careta. Então, deixando transparecer, propositalmente, um tom de ironia, respondeu:

— Ela gostaria, mas, infelizmente, acabou pegando uma infecção. É recomendável que ela não volte ao hospital tão cedo. Além disso, você não tem permissão para usar telefones, pois o contato com o mundo exterior pode influenciar negativamente no seu tratamento. Entretanto, assim que você melhorar, poderá visitá-la, quem sabe, utilizando as próprias pernas?

— Talvez não demore tanto, já que eu consegui um especialista e você não é mais o meu médico — respondi friamente.

Não demorou, porém, para que eu me arrependesse das minhas palavras. Roger levantou o jaleco e tirou uma pequena seringa do bolso. Então, começou a se aproximar de mim, dando petelecos leves no objeto e fazendo um líquido incolor escorrer pela agulha.

— Formalmente, ainda sou o seu médico e, acredite, em relação à Priscila, você já está mais do que atrasado.

O médico começou a empurrar a seringa em direção ao meu pescoço. Tentei impedi-lo com os braços, mas ele prosseguiu como se não houvesse qualquer obstáculo.

— Ela é minha. — foi a última frase que escutei antes de adormecer.

CAPÍTULO DEZESSETE

Viajantes

Despertei e notei que meu sono estava sendo embalado pelo balançar ritmado que uma estrada impunha à grande ambulância em que eu estava sendo transportado. Ao meu lado esquerdo, estavam Pitty, que cochilava no meu ombro, e Erika, que dirigia o veículo. O Sol começava a nascer no horizonte, revelando uma paisagem seca e que parecia ter sido sempre desabitada.

— Que bom que você acordou, Adam. — disse Erika, com o mau humor estampado na cara. — Tive que dirigir a noite toda, pois a mulher disse que ainda não se lembrava como fazê-lo. Também preciso descansar. Tome, você pode precisar!

Erika segurou pelo cano uma pistola que guardava entre as pernas e a passou para mim. Em seguida, parou a ambulância no meio da estrada, abriu a porta e desceu. Antes que eu perguntasse algo, ela resumiu:

— Basta seguir a estrada. Estarei no fundo da ambulância. Se for me chamar, bata antes de entrar!

Estranhei o pedido, até imaginar que ela preferiria dormir mais à vontade. Cuidadosamente, apoiei a cabeça de Pitty no encosto do banco e sentei-me no lugar do motorista. Ajustei os retrovisores e o banco de forma automática e reiniciei a nossa viagem, ainda sem saber para onde iria.

Dirigi por pouco mais de uma hora. Estava concentrado no ronco do meu estômago quando fui surpreendido pelo grito abafado de Erika, que vinha da parte traseira do veículo:

— Acelera! Eles estão nos seguindo!

Olhei para trás, mas, antes que eu pudesse perguntar do que se tratava, um estrondo fez minha atenção retornar à estrada a tempo de notar que uma grande explosão acabara de acontecer a poucos metros à nossa frente, trincando o vidro da ambulância em inúmeros lugares. Pisei no freio com força e senti o pedal tremer enquanto o sistema tentava evitar que as rodas travassem. Pitty acordou e soltou um grito fino, enquanto entrávamos numa densa nuvem de poeira. A ambulância percorreu mais alguns metros antes de parar.

— O que está fazendo?! Ande! — gritou Erika, comunicando-se através de uma pequena janela que acabara de abrir, fazendo subir um cheiro putrefato.

— Andar para onde?! — perguntei retoricamente, assim que a poeira baixou e permitiu que eu enxergasse a grande cratera que havia se formado na estrada, impedindo a nossa passagem.

— Saiam do veículo. — disse uma voz eletrônica e levemente distorcida, que parecia ter saído de um alto-falante próximo.

Olhei para Pitty e vi que ela estava tão indecisa quanto eu. Eu sabia que não seria boa ideia obedecer, mas não conseguia pensar em alternativas confiáveis.

— Acelera! — gritou Erika, como se essa fosse a escolha mais óbvia.

Como que por reflexo, engatei a marcha ré, mas, antes que fizesse o carro sair do lugar, ouvi uma segunda explosão. Pelo retrovisor, vi uma nova nuvem de poeira nos engolir.

— Acho melhor obedecermos. — sugeriu Pitty, tremendo.

— Quem quer que seja, pode apenas estar querendo ajudar...

— Atirar contra a gente não foi o melhor modo de oferecer ajuda. — respondi, aproveitando que a poeira ainda não havia baixado para usá-la como cobertura.

Virei o volante todo para a esquerda e acelerei o veículo, saindo da estrada. Ao entrar no terreno irregular, lamentei por não estar num veículo *off-road*. Mesmo assim, consegui prosseguir por alguns metros, até que outras explosões voltaram a acontecer ao nosso redor. Uma nova detonação aconteceu à nossa frente, obrigando-me a virar o volante bruscamente para a direita, na tentativa de evitar que o veículo caísse na nova cratera formada.

Foi por muito pouco! Uma das rodas chegou a perder a tração ao pairar na beira do gigantesco buraco. Continuei pisando fundo no acelerador, fazendo com que a ambulância pulasse de volta ao asfalto. Depois de se passarem alguns segundos sem nenhuma outra explosão, sorri aliviado. Porém, era cedo demais. Senti o impacto de algo atingindo violentamente a lateral esquerda do veículo. Mexi no volante inutilmente, pois a ambulância já estava prestes a virar.

O som de toneladas de metal sendo arrastado pelo asfalto incomodou quase tanto quanto o novo ferimento que eu havia acabado de ganhar: o impacto fizera meu ombro direito deslocar. Assim que o atrito nos fez parar, quebrei o vidro do veículo com um chute e ajudei Pitty a sair de lá. Não demorou até que Erika aparecesse ao meu lado, com os olhos tão arregalados que parecia que não precisaria mais piscar. De certa forma, estava ansioso para saber quem havia nos atacado, mas olhei ao redor e não vi mais ninguém por perto.

Pitty estava com as mãos na cabeça, tentando estancar um filete de sangue que percorria sua têmpora. Erika apontava para o céu. Segui seu olhar e apenas vi o Sol, que me ofuscou.
— Ele está lá. — informou Erika.
— Quem? — indaguei.
— O Viajante.
— O Viajante está no Sol, Erika? Então não se preocupe. Deixe ele por lá! — recomendei.

Ao colocar a mão direita no rosto e voltar a olhar para cima, percebi que um ponto brilhante havia se destacado e flutuava em direção ao chão. Conforme ele ia se aproximando, seu brilho diminuía, até que pude perceber que era alguém vestindo uma armadura amarela. O indivíduo deu um salto longo o suficiente para cobrir a distância que nos separava, de pelo menos cem metros. Ele teve a ajuda de um conjunto de minijatos que tinha preso numa espécie de mochila metálica, também amarela e brilhante como ouro. Com a aproximação súbita, Erika deu três passos para trás, enquanto Pitty apenas apertou minha mão.

— Entreguem a mulher de nome Priscilla e terão uma morte rápida. — solicitou a voz eletrônica que reverberava da armadura.

— O que você vai fazer com ela? — perguntei, fingindo considerar a oferta, mas apertando ainda mais a mão de Pitty, para mostrar que não tinha a menor intensão de soltá-la.

— Não te interessa, pois logo você estará morto. — respondeu a voz metálica.

— Sei... — eu disse. Quando olhei para o lado, percebi que Erika havia sumido.

Produzindo um ruído agudo, o Viajante levantou a perna direita, na intenção de dar um passo em nossa direção. Porém, antes que ele completasse o movimento, saquei a pistola que estava presa em minha cintura e comecei a descarregá-la no seu rosto e peito.

Ao perceber que o indivíduo continuava a traçar seu caminho, impassível, enquanto a armadura repelia sem dificuldade todos os projéteis, decidi parar de atirar, porque uma bala poderia ricochetear e nos machucar.

— Qualquer resistência é inútil. — advertiu o homem com armadura metálica, levantando o braço direito, de onde surgiu um pequeno canhão que logo apontou para o meu rosto.

Decididamente, eu não estava com vontade de receber outro tiro na cara, mas o Viajante ainda estava longe demais para que eu conseguisse atacá-lo antes de ser alvejado. Eu não tinha muito o que fazer, apenas soltei a mão de Pitty, na esperança de que ela conseguisse fugir dali, de alguma maneira.

— Aaahhh! — urrou Erika, saltando da ambulância virada e deslizando no ar sobre a minha cabeça, caindo na direção do Viajante.

O grito dela não pareceu ter estragado o ataque surpresa. Pelo contrário, contribuiu para que o Viajante ficasse sem reação. A mulher aterrissou à sua frente, com as garras à mostra e, em menos de um segundo, decepou o minicanhão que ele apontava para mim e abriu cinco fendas paralelas no elmo dourado do oponente.

Apesar dos golpes, o Viajante não se afastou de nós. Do seu braço esquerdo, apareceu uma lâmina fina e dourada, que ele utilizou para desferir um golpe vertical na direção de Erika. A mulher não tinha força ou velocidade suficiente para bloquear ou se esquivar da lâmina, que seguia veloz em direção ao seu rosto. Não seria tão ruim livrar meus sonhos daquela mulher maluca... mas, ainda assim, eu devia um favor a ela. Por isso, aproveitei que já estava próximo o bastante e segurei o braço do Viajante. Meu instante de indecisão custaria a Erika uma nova cicatriz na testa, pois a lâmina seguiu mais alguns centímetros após eu bloquear o golpe, o suficiente para causar um corte fino e longo no rosto da mulher.

O Viajante virou o rosto e me encarou. Por de trás do elmo dourado, pude sentir uma expressão de surpresa, não sei se pelo fato de eu ter conseguido bloquear o golpe ou pela ousadia que tive em fazê-lo. Erika utilizou o tempo de prorrogação de sua vida para pular e acertar o Viajante com um chute utilizando ambas as pernas, o que, desta vez, o obrigou a dar alguns passos para trás, desequilibrado.

Erika olhou para mim e inclinou ligeiramente o queixo para baixo, num gesto de agradecimento. Repeti o cumprimento e, ao perceber que Pitty estava temporariamente segura, encostada na ambulância, parti para cima do Viajante, sabendo que Erika lutaria ao meu lado. Acertamos inúmeros chutes e socos no nosso adversário, que deixava os golpes atingi-lo sem se abalar e sem se preocupar em revidar. Com exceção dos arranhões que Erika infligia à armadura com suas garras, o Viajante não parecia sentir qualquer outro efeito.

— Precisamos tirá-lo de combate! — disse Erika, já um pouco ofegante.

— Como?! Ele está brincando conosco! — desabafei.

— Vê se faz algo para ajudar, mulher inútil. Carrega tanta coisa nessa sua bolsa e não tem nada que sirva para o momento? — gritou Erika, sem olhar para Pitty, mas sabendo que ela recebera o recado. — Vamos derrubá-lo! — revelou a mulher.

— Essa luta é um despropósito. — afirmou o Viajante, com a voz um pouco mais humana. — Já está na hora de colocar um fim nela...

— Concordo. — bradei.
— ... e em vocês. — completou o Viajante.
— Nem tanto. — retribui.

Erika partiu em direção ao nosso oponente. Fiz o mesmo, utilizando minha maior velocidade para ultrapassá-la e me agachar ao lado do Viajante, preparando uma rasteira. Quando toquei na parte traseira da armadura, quase rente ao chão, Erika já voava pelo ar, com as duas pernas flexionadas, pronta para desferir um potente golpe no peito do Viajante.

A sincronia foi perfeita. Assim que nosso oponente perdeu o equilíbrio em razão da minha rasteira, foi atingido em cheio por Erika. O golpe combinado fez o Viajante ser arremessado por mais de dez metros.

— Granada! — escutei Pitty gritar, pouco antes de tirar o explosivo de dentro de sua bolsa e arremessá-lo em nossa direção.

Sorri quando calculei que em poucos segundos teria a granada em mãos. O sorriso, porém, deu lugar a uma expressão de preocupação quando vi que Pitty já havia retirado o pino do explosivo. Ou ela não sabia para que o pino existia ou simplesmente errara o arremesso. Ia explodir nós três!

Usando toda a minha velocidade, me esquivei da granada e apenas dei um tapinha para redirecioná-la, dessa vez para o alvo correto: o Viajante, que ainda estava deitado no chão. Deu certo, pois, assim que ela tocou no peitoral da armadura dourada, detonou.

— Você é louca?! — gritou Erika, lançando a Pitty um olhar furioso, reprovando o erro cometido.

— Só tentei ajudar. — tentou defender-se Pitty.

— Ei, ei! Está tudo bem. Não precisam brigar. Deu tudo certo. — tentei apaziguar a situação.

— Se eu fosse você, não contaria com isso. Ajude-me a desvirar a ambulância. Se tivermos sorte, ainda poderemos fugir daqui.

Erika se posicionou ao lado do veículo virado e, enquanto o alisava, sussurrou:

— Calma, calma. Aguente firme.

Ao contrário dela, eu não tinha tanta esperança de que veria aquela ambulância voltar a andar.

— Você não conseguirá desvirá-la sozinha, Erika. Espere. Só quero ver o que estava dentro daquela armadura.

Comecei então a andar na direção da pequena cratera criada pela explosão da granada. O ar ainda estava repleto de grãos de poeira, mas já era possível ver que o Viajante estava estatelado no chão.

— Venha logo! Ele não permitirá isso. Estamos perdendo tempo!

Desobedeci e continuei caminhando na direção do Viajante caído. Agachei-me ao seu lado e fiquei surpreso ao ver que a explosão não havia danificado visivelmente a armadura. Segurei firme no elmo dourado, mas ele estava tão quente que fui obrigado a soltá-lo. Olhei para as minhas mãos e percebi que havia acabado de adquirir queimaduras de segundo grau. Pensei se seria prudente fazer uma nova tentativa, utilizando algo para me proteger do calor. Porém, logo ouvi a resposta:

— Qualquer esforço será inútil. — revelou a voz do Viajante, mais alta e metálica do que nunca.

Antes que eu pudesse reagir, o Viajante ativou os mini propulsores embutidos na armadura, que o ajudaram a se levantar e a projetar o seu corpo contra o meu. Um potente soco encontrou a base do meu queixo, arremessando-me ao chão, desnorteado.

CASULOS

Em seguida, o Viajante realizou um voo rasante até Erika e atingiu-lhe uma joelhada, aparentemente, da mesma forma que havia feito para derrubar a ambulância. Erika tentou bloquear o golpe com os braços, mas, mesmo assim, foi arremessada até se chocar contra a frente do veículo.

No instante seguinte, o Viajante já estava ao lado de Pitty, puxando-a pelos cabelos.

— Solte-me, sua lata de sardinha! — ordenou a mulher.

Em seguida, mudou o tom de voz e começou a gritar: — Socorro! Alguém me ajude!

O Viajante deu um tapa no rosto de Pitty. O golpe não foi forte o bastante para causar graves ferimentos, mas foi o suficiente para fazê-la se calar e desencadear aquele sentimento perigoso que eu insistia em manter enterrado dentro de mim, desde o dia que saíra do casulo: uma raiva pura e primitiva.

Meus olhos cor de âmbar passaram a emitir um brilho estranho, que até eu mesmo podia perceber. Levantei-me e cuspi no chão. Minha saliva estava misturada com sangue, mas não era vermelho como deveria: compartilhava a cor dos meus olhos.

Avancei na direção do Viajante, correndo mais rápido do que nunca. Coloquei minha mão esquerda em sua nuca e, com a direita, reuni todas as minhas forças para desferir o soco mais potente que eu já havia dado.

Páááh!

O impacto foi tamanho que criou uma grande mossa no elmo dourado, fazendo com que um líquido amarelo espirrasse de dentro da armadura. Inconscientemente, o Viajante soltou os cabelos de Pitty, então, aproveitei para golpeá-lo com toda a minha raiva.

Dessa vez, meus socos deixavam marcas profundas onde quer que tocassem. Senti a armadura emanar cada vez mais calor, mas isso não me impedia de continuar batendo. Afinal, minha raiva queimava mais forte.

Depois que decorei quase toda a extensão da armadura dourada com mossas de diversos tamanhos e profundidades, finalizei com um chute giratório na cabeça do meu oponente. Ao ser atingido, o Viajante pairou por alguns segundos no ar, antes de cair no chão, sem seu elmo.

Meu ímpeto de fúria havia consumido grande parte das minhas energias. Estava bastante ofegante, mas satisfeito. De longe, pude perceber que o rosto do Viajante parecia o de um humano com mais de cem anos, a diferença é que ele era completamente amarelo: a pele, os olhos e os cabelos.

Usei os segundos seguintes para tentar recuperar o fôlego, mas logo percebi que não deveria ter parado de atacar. O Viajante levantou o braço direito, do qual irrompeu uma agulha fina. Tão logo ela surgiu, ele a espetou em seu pescoço, agora exposto. Não demorou para que sua face começasse a adquirir um tom alaranjado, destoando do restante da armadura. O Viajante levantou-se devagar e, enquanto abria e fechava as próprias mãos, disse com a voz rouca e mansa:

— Seu verme! Farei você pagar por isso!

Erika havia conseguido se desvencilhar dos metais retorcidos que a prendiam à ambulância, mas ela olhou para mim e apenas balançou a cabeça negativamente, admitindo, relutantemente, a sua impotência. Avancei e comecei uma nova onda de ataques, mas, dessa vez, o Viajante se esquivou e os bloqueou com facilidade. Ao perceber que a luta estava apenas me fazendo cansar, recuei para pensar numa estratégia melhor.

Não tive tempo! O Viajante se aproximou tão rápido que não consegui acompanhar seus movimentos. Então, segurou meu pescoço com uma das mãos, que estava tão quente quanto o resto de sua armadura, e levantou voo, levando-me contra minha vontade.

Em questão de segundos, já estávamos numa altura superior a trinta metros. O Viajante dosava o aperto em meu pescoço, não permitindo que eu respirasse normalmente, mas suficiente para que eu sentisse o cheiro da minha própria carne queimar.

Desejei que ele me soltasse logo, pois a queda certamente me faria acordar daquele pesadelo cada vez mais agoniante. O Viajante pareceu escutar meu desejo, pois fez questão de me segurar por mais alguns momentos. Quando as queimaduras já não doíam mais, pois meus nervos já estavam destruídos, e o aperto era quase forte o bastante para quebrar minha traqueia, ele me soltou. Em queda livre, apenas fechei os olhos, esperando acordar antes de sentir o impacto.

Dor. E mais dor. Foi apenas isso que senti. Eu havia caído em cima da ambulância, que acabou absorvendo parte do impacto. Não conseguia me mexer, apenas olhava para o céu, com a boca aberta, vendo que o Viajante ainda estava parado no ar. No instante seguinte, ele voou para fora do meu campo de visão.

— Aaaaah!

Escutei Erika vociferar de dor. Vi o Viajante segurá-la pelos braços e apertá-la até esfarelar seus ossos. Em seguida, largou-a no chão, sofrendo com uivos longos e tristes.

— Não se aproxime de mim! — berrou Pitty, numa ameaça vazia.

Contudo, outra coisa dividia minha preocupação: a ambulância começou a tremer. O veículo balançava cada vez mais, já fazendo meu corpo quicar no metal, ajudando a aumentar a gravidade das minhas inúmeras fraturas.

De repente, escutei um rugido que me fez sentir um frio na barriga. No instante seguinte, recebi um violento golpe nas costas, que me fez voar em direção ao chão. Caí com as pernas jogadas em cima das minhas costas, dobradas numa posição bizarra, que nem mesmo o melhor dos contorcionistas conseguiria repetir. A dor? Já era tamanha que nem conseguia quantificar. Se conseguisse, gritaria. Mas, por algum motivo, não conseguia emitir nenhum som. De forma sofrível, ainda conseguia inserir uma quantidade mínima de ar nos pulmões, em razão da instabilidade torácica adquirida por ter tantas costelas quebradas.

Minha morte naquele mundo era apenas uma questão de tempo. Já havia passado da hora de acordar. Antes, contudo, queria saber quem me jogara de cima da ambulância. Apesar de não conseguir me mexer, caí num ângulo que me permitia ver tanto a ambulância quanto o Viajante demoníaco que havia me espancado. Quando vi o que tinha acabado de me atingir, quase sorri, por estar prestes a observar uma luta entre demônios... ou monstros! Pois era o mesmo Monstro que me atacara no hospital que estava ali, uivando, com metade do corpo ainda dentro da ambulância, que parecia maior e mais musculoso a cada momento.

E pensar que ele estava ali o tempo todo! O Monstro pulou do veículo, fazendo-o em pedaços, e já caiu ao lado de Erika, que chorava baixinho.

— Meu amor... — disse ela, encostando a cabeça na perna direita da imensa criatura.

Fiquei surpreso por ninguém ter notado a minha cara involuntária de interrogação e um tanto de nojo. O Monstro abriu os braços e urrou, fazendo o chão vibrar. Então, partiu para cima do Viajante, que não conseguiu disfarçar o medo crescente.

O homem de armadura soltou Pitty no solo e acionou seus propulsores, começando a subir velozmente. O Monstro acelerou e pulou com o braço esticado, pronto para segurar ambas as pernas do Viajante com uma única mão. Torci para que ele conseguisse, mas o homem de armadura escapou por um triz.

Frustrado, o Monstro correu de volta à ambulância destruída e começou a desmontá-la e arremessar pedaços de metal na direção do Viajante que, ao perceber que os objetos jamais o alcançariam, apenas deu um sorriso amarelo, usufruindo da segurança do céu.

— Aargh! — gemeu Erika, tentando sentar-se no chão.

O Monstro olhou para sua companheira caída e para o agressor que voava impune. Então, ainda segurando um enorme para-choque de metal da ambulância, agachou-se e começou a urrar ainda mais alto. Inúmeras pústulas que se espalhavam por sua pele começaram a explodir.

— Saia do sol! — suplicou Erika. — Ou você também vai morrer.

Mas o Monstro não se moveu. Continuou agachado e rugindo mais baixo. Pitty correu e se colocou ao meu lado, chorando. Lá do alto, o Viajante calculava se teria tempo suficiente para pegá-la e voltar ao céu em segurança. Carregando duas pessoas, os foguetes de suas costas não seriam tão ágeis.

No entanto, seus cálculos foram interrompidos assim que ele viu que duas feridas maiores e peculiares começavam a se formar nas costas do Monstro. Segundos depois, elas explodiram, deixando à mostra duas grandes asas que tinham acabado de eclodir.

O Monstro olhou para o Viajante e voltou a urrar, mostrando seus dentes avantajados e desproporcionais. Correu e pulou na direção de sua presa. Com o salto, venceu metade do caminho, então, abriu as asas e continuou o percurso.

Tomando ciência do iminente perigo, o Viajante acionou seus propulsores na potência máxima, na esperança de que o levassem para longe. Contudo, o Monstro arremessou o pesado para-choque que tinha nas mãos e acertou as pernas do oponente, que girou no ar pelo tempo necessário para que a grande criatura chegasse ao seu destino.

O Monstro segurou o Viajante pela cintura e, enquanto batia as asas gigantes de morcego, arrancou-lhe a cabeça utilizando os dentes. Uma grande quantidade de sangue amarelo começou a jorrar e foi prontamente recolhida pelo Monstro, que passou a beber o Néctar que escoava da amadura amarela, como se fosse uma lata de refrigerante.

À medida que o Monstro se alimentava, suas feridas começaram a se fechar. Ele já mostrava uma espécie de sorriso de satisfação na cara de carranca, quando foi atingido pelas costas por um projétil explosivo, que fulminou-lhe as asas. A partir daí, a gravidade fez o seu serviço e se incumbiu de arremessar o Monstro contra o chão duro, nocauteando o gigante cinza enquanto ele ainda segurava a armadura amarela em suas mãos.

Um ponto laranja brilhava no céu. Era um segundo Viajante, que utilizava uma armadura laranja quase duas vezes maior que a do homem amarelo. Ele desceu devagar e disparou uma espécie de *laser* na direção de Erika, abrindo um imenso buraco na barriga da mulher. Voou até Pitty e, utilizando uma descarga elétrica, a deixou inconsciente. Por fim, pulou até ficar ao meu lado e, olhando nos meus olhos, pisou firme no meu tórax, quebrando as poucas costelas que ainda estavam intactas.

Comecei a agonizar e a entrar em choque. Antes de ficar inconsciente, apenas pude ver o Viajante laranja voar para longe, levando Pitty sobre seus ombros.

CAPÍTULO DEZOITO

Especialistas

— Bom dia, senhor Adam. — disse um homem cuja voz eu não reconheci, através de uma máscara médica e vestindo um jaleco sem identificação. Ele segurava uma prancheta, que utilizava para fazer algumas anotações.

Não respondi de imediato, pois ainda estava despertando, sentindo uma estranha dormência no corpo, que parecia ser uma leve lembrança da agonia que eu havia acabado de presenciar no Mundo dos Casulos. Tentei mexer as pernas, mas os meus pés mal se moviam. Ao notar meu esforço e minha cara de frustração, o homem revelou:

— Não se preocupe! Sou um dos especialistas que irá cuidar de você. Olhei seus exames e acredito que terá uma recuperação promissora. Você foi o primeiro paciente que conheci que sobreviveu à primeira fase do tratamento experimental, acordando do coma e recuperando parte dos movimentos.

— O que aconteceu com os outros pacientes? — perguntei receoso.

O médico voltou a encarar a prancheta que segurava e disse:

— Eles rejeitavam o tratamento ou acabavam sendo contaminados por alguma infecção e morrendo. Mas como eu disse, não precisa se preocupar. O pior já passou!

O médico tentou ensaiar um sorriso, sem sucesso. Ele não me passava a segurança que pretendia.

— O senhor quem vai me operar? — indaguei, desejando desesperadamente uma resposta negativa.

— Não, não. Sou apenas um dos médicos assistentes do Dr. Kim. — ele mostrou o fundo da prancheta, onde tinha um panfleto com a foto de um médico de aparência centenária, o que me inspirou ainda menos confiança. — Mas terei o prazer de acompanhar a sua cirurgia, que concluirá a fase dois do tratamento e demonstrará se a técnica empregada foi mesmo um sucesso. Em caso positivo, você poderá voltar a andar.

— E em caso negativo?

— Ah! Não acontecerá nada que já não tenha lhe acontecido antes. — resumiu o homem, que ainda não revelara suficientemente o seu rosto.

Depois de alguns segundos de silêncio, o homem retirou uma pequena bola rosada do bolso e a colocou numa bandeja prateada que ficava ao lado da minha cama. Eu não fazia a mínima ideia do que se tratava, pois parecia grande demais para ser algum tipo de pílula.

— Senhor Adam, quando estiver pronto para o procedimento, segure este objeto na palma da mão. Não precisa engoli-lo ou apertá-lo. Apenas o segure, sem medo. O calor do seu corpo fará com que ele entre em reação com sua pele e libere a anestesia...

Não esperei ele terminar de explicar. Assim que pude, segurei a pequena bola, conforme explicado. Respirei fundo e esperei. Nada aconteceu. Aguardamos mais alguns segundos, nos quais nada de relevante aconteceu.

— Bom... pelo visto o senhor ainda tem algumas reservas quanto à cirurgia. O objeto interage com seus sinais corporais e só libera o princípio ativo se o senhor, de fato, consentir. As drogas que utilizaremos não farão qualquer efeito se você não as aceitar.

— Nunca ouvi falar disso na minha vida!

— O senhor ficou em coma por muito tempo, está desatualizado. É uma tecnologia nova que detecta se o corpo do paciente realmente está preparado para um procedimento operatório complexo. Tome o tempo que precisar. A propósito, eu sou o doutor...

A porta se abriu num estrondo, interrompendo e abafando a fala seguinte do médico. Era Roger, que acabara de fazer uma entrada triunfal e desnecessária.

— Doutor, o senhor está sendo requisitado no laboratório. Pode deixar que eu cuidarei do doente. — disse ele.

O médico inominado se retirou, sem me dirigir um novo olhar. Assim que ele se foi, Roger falou, empolgado:

— Você já perdeu de qualquer jeito! Se não fizer a cirurgia, ficará para sempre preso neste hospital e numa cadeira de rodas. Se eles conseguirem te operar, terá pouquíssimas chances de sobreviver.

— Tenha certeza de que mesmo morto irei atrás de você! — ameacei.

Roger apenas sorriu, satisfeito. Em seguida, bateu palmas e Tek adentrou o quarto, usando seu marcante traje biológico amarelo. Contra a minha vontade, ele me segurou e me jogou na cadeira de rodas, sem qualquer delicadeza.

— Vamos passear? — indagou Roger. Em seguida, saiu do quarto e fui obrigado a segui-lo, pois Tek empurrava a minha cadeira como se fosse um trator.

Ao perceber que eu tentava atrapalhar ao máximo, direcionando a cadeira de rodas contra as paredes, Roger falou:

— Pensei que você quisesse rever Pitty... — Seu tom de voz soou demasiadamente frio e ameaçador. Como resposta, apenas decidi ficar imóvel para deixar que me levassem mais depressa ao meu destino.

Passados alguns minutos, estávamos em frente ao laboratório do subsolo, a área restrita onde eu e Pitty havíamos conversado pela última vez. Roger usou seu crachá para a abrir a porta de metal, que logo nos deu passagem. Assim que entramos e a porta se fechou às nossas costas, Roger explicou:

— É aqui que você fica todos os dias quando está dormindo. No final deste salão existe uma porta. Se você chegar até lá, encontrará Pitty. Pode ir, não vou te impedir. — falou Roger, num tom encorajador.

Mas não acreditei em suas palavras.

— Talvez ainda não seja tarde demais. — provocou Tek, com a voz lenta e monstruosa.

Num impulso, comecei a mover a cadeira de rodas para a frente. Todavia, antes que eu percorresse meus primeiros metros, Roger fez um sinal inclinando o pescoço. Então, Tek agarrou o objeto rolante e me lançou no ar.

Caí de mau jeito no chão e machuquei a perna direita. Teria dificuldade de me levantar se de fato conseguisse. Roger e Tek riram.

— Você pode ir, mas não dei autorização para levar qualquer material do hospital contigo. — explicou o médico. — Boa sorte com as escadas!

Mesmo sendo humilhante, tentei rastejar o mais rápido possível no caminho apontado. Ofegante, não consegui avançar qualquer distância considerável. Tek veio andando em minha direção e só parou quando utilizou todo o peso do seu corpo para pisar no meu joelho, que estalou quando os ossos saíram do lugar por um momento. Não senti dor, mas uma profunda agonia por ver meu corpo quase se desmontando.

— Não faça isso! — gritou Roger, correndo em minha direção. — Você é idiota?! Por que machucou a perna dele?

Tek apenas abaixou a cabeça, aceitando a reclamação.

— Não sabe que ele não sente nada da cintura para baixo?! Tem que bater aqui!

Senti uma dor aguda no estômago, que acabara de receber o impacto de um chute caprichado.

— Aahh! — gritei, falhando em tentar suprimir qualquer expressão de dor.

Após mais dois chutes no peito, Roger mandou que Tek me colocasse de volta na cadeira, que parecia incrivelmente desconfortável em razão dos inúmeros machucados do meu corpo.

— Isso foi só o começo, meu amigo. Agora nós viremos aqui todos os dias também quando você estiver acordado. — explicou Roger.

Não respondi. Apenas fiquei em silêncio curtindo a minha dor até voltar para o quarto.

— Tudo que aconteceu contigo é para que você pague pelos seus pecados. — sussurrou Roger antes de sair do quarto. — E tenho certeza de que a minha mulher também pagará por eles.

Assim que voltei a ficar sozinho no quarto, a primeira coisa que fiz foi segurar a bola rosa que ainda estava ao lado da minha cama. Minhas costelas ainda ardiam de dor.

Bem, eu poderia fazer bom uso de uma anestesia agora, pensei.

Entretanto, novamente, nada aconteceu.

— Eu já falei que eu aceito essa merda de cirurgia! — gritei desesperado, quase chorando. Quando a primeira lágrima surgiu no meu rosto e se deixou ser arrastada pela gravidade, o pequeno objeto esférico começou a tremer em minha mão. Por um instante, tive vontade de apertá-lo, mas o ímpeto foi vencido pela minha curiosidade, que ansiava para ver o que sairia da bolinha rosa, que começou a se rachar. Logo uma espécie de verme cinzento e cilíndrico brotou e começou a descer até a palma da minha mão.

Que tipo de anestesia é essa?, pensei, na dúvida se arremessava o pequeno ser para longe ou se esperava para ver o que aconteceria. Escolhi a segunda opção e, imediatamente, me arrependi. O verme pulou na palma de minha mão e, criando um buraco na minha pele, adentrou meu corpo. Não sei se senti mais dor ou surpresa antes de apagar.

CAPÍTULO DEZENOVE

Retorno

Assim que abri os olhos, descobri que estava num galpão amplo e imundo, dentro de uma fábrica há muito tempo abandonada. Ao visualizar que as inúmeras caixas e contêineres eram gravados com o logotipo da O.A.S.I.S., não tive dúvida de que aquele lugar pertencia à empresa. No entanto, o que não entendia era como sempre conseguia voltar para aquele abominável Mundo dos Casulos e, principalmente, como era possível sentir tanta dor mesmo estando dormindo.

Eu mal conseguia mover o corpo, que estava completamente escoriado em razão do combate, ou seria preferível dizer massacre, do dia anterior. Voltei a percorrer meus olhos pelo local, mas não encontrei respostas.

— Esse lugar é tão ruim que ele nem deixa a morte me livrar dele. — sussurrei, indignado.

— Você pode morrer, sim. Talvez consiga na próxima tentativa, porque posso não aparecer para te salvar. — respondeu uma voz cansada.

Assim que o locutor apareceu em meu campo de visão, com sua longa barba branca que se misturava aos cabelos finos de mesma cor, o reconheci do panfleto que o médico-assistente me mostrara. Mesmo assim, ele fez questão de se apresentar:

— Meu nome é Kim. Já sei que o seu é Adam. Erika fez a gentileza de me contar.

— Ela está bem? — perguntei, confuso.
— Claro, claro. Agora, só preciso fazer você se recuperar. — disse Kim, respirando fundo e sorrindo.
— Pitty está bem?
— Ah! A mulher que foi sequestrada. Essa aí só você poderá resgatar, mas, antes, precisa me ajudar a te salvar.
— Como? Não vai mandar eu segurar um verme nas mãos, né?

Kim arqueou as espessas sobrancelhas e prendeu a respiração por um instante. Talvez tenha sido surpreendido por eu ter adivinhado seus pensamentos ou, simplesmente, por constatar que eu era maluco. Nunca saberei ao certo o motivo, pois, a partir daquele momento, comecei a sentir um tom de mistério incutido na voz do velho homem:

— Não era bem isso o que eu tinha em mente... venha, preciso lhe mostrar algumas coisas.

Eu dei uma gargalhada curta e sem graça, que não foi capaz de atrair a atenção de Kim, que se afastou do meu campo de visão.

— Ei! Volte aqui! Como posso te acompanhar se nem consigo mexer o corpo? — perguntei exasperado.

— Claro que consegue, só precisa superar a dor. — respondeu ele, já com a voz distante.

Então, mais uma vez, tentei me mover. Senti uma dor atordoante e voltei ao meu estado de confortável imobilidade.

— Fraco. — ouvi Erika me criticar de algum lugar que eu não podia ver.

De repente, senti o chão tremer com batidas ritmadas, que foram diminuindo progressivamente. Não demorei para entender que Erika e o Monstro estavam próximos o tempo todo e que, naquele momento, haviam decidido parar de me observar para seguir Kim.

— Aaahh! — gritei frustrado, fazendo minhas costelas arderem de dor.

Essa dor não é real. Essa dor não é real, comecei a repetir para mim mesmo, como se fosse um mantra.

Então, contraí o corpo e, com um único salto, me coloquei de pé, fazendo quase todos os meus ossos estalarem. Eu suava, enquanto meu corpo inteiro pulsava e tremia. Mesmo assim, consegui esboçar um leve sorriso por ter conseguido me levantar.

Aguardei imóvel por mais alguns segundos, enquanto meu físico começava a se restabelecer. Aos poucos, meus músculos foram relaxando e a dor foi cedendo. Quando respirei fundo e dei o primeiro passo, apenas minhas costelas ardiam levemente.

Andei na direção em que os outros haviam seguido. Atravessei um corredor empoeirado e cheio de teias de aranha, até chegar em um galpão amplo onde Erika, Kim e o Monstro me aguardavam, ao lado de inúmeros casulos transparentes e vazios.

— O que vocês fizeram com as pessoas que estavam nesses casulos? — perguntei deixando a indignação transparecer na minha voz.

— Não seja idiota! Esses casulos ainda não foram utilizados. — retorquiu Kim.

Fiquei um tanto sem jeito com a resposta. Então, optei por fazer uma nova pergunta:

— E o que você fez comigo? Utilizou esse tal Néctar em mim?

— Você parecia muito mais interessante quando estava inconsciente. — murmurou Kim, mas alto o suficiente para que eu escutasse. — O Néctar apenas atrapalharia a sua evolução. Ainda não fiz nada contigo, apenas esperei você se recuperar sozinho. Teve sorte, pois aquele Viajante ainda não sabia sobre suas habilidades e acabou lhe subestimando.

— Eles pegaram Pitty! Tenho que salvá-la. — expliquei.

— Não seja tolo. Se você for procurá-la agora, só encontrará a morte. Se quiser ter forças suficientes para salvar aquela mulher, terá que evoluir primeiro.

Aquele papo de evolução estava me dando sono. Imaginava que isso não seria possível, porque eu já estava dormindo. Ouvi meu estômago roncar.

— Olha, não tenho tempo a perder. Mas, já que estou faminto, deixe-me comer algo enquanto você me explica essa história de evolução. — solicitei.

— Comer agora é irrelevante. — revelou Kim.

— Diga isso para minha barriga! — rebati, aproximando-me do velho baixinho.

Nesse momento, Erika e o Monstro, que assistiam à discussão calados, resolveram se aproximar para intervir. O tamanho assustador do segundo não foi suficiente para dissuadir a minha confiança, então, Erika argumentou:

— Adam, escute Kim. Se não fosse por ele, eu e aquele que você chama de Monstro estaríamos mortos. Ele nos deu o restante do estoque de Néctar que tinha guardado. E não se preocupe! — adiantou-se ela, ao ver minha cara de espanto. — Ninguém precisou morrer. O Néctar já havia sido sintetizado há anos nessa fábrica de casulos abandonada e seria desperdiçado se ninguém o utilizasse. Não espere conseguir transformar o Néctar extraído de um casulo de volta numa pessoa!

Não respondi. Sabia que, de certa forma, ela estava certa. No entanto, eu me recusava a aceitar a ideia de usar aquele líquido criado a partir da energia vital de um ser humano.

— Adam, para dar o próximo passo na sua jornada, você precisará retornar a um casulo. — disse Kim, interrompendo meus pensamentos.

— Há-há-há. — Gargalhei ironicamente. — E você acha que vou voltar para um negócio desses voluntariamente?

— É sua única chance. Se você não confia em mim, confie nos seus amigos. — pediu ele, apontando para Erika e para o Monstro.

— Meus amigos?! Isso só pode ser uma piada. Se eu entrar num desses de novo, vocês vão brigar para ver quem consegue sugar mais da minha vida de canudinho. Essa mulher não é minha amiga! E isso aí? — apontei para o Monstro. — Nem sei o que essa coisa está fazendo aqui. Por acaso vocês acham que podem domá-lo?

O Monstro rugiu alto e deu um passo em minha direção. Erika se aproximou dele e o impediu de prosseguir, colocando as mãos na coxa direita e musculosa dele, a parte mais alta que podia alcançar.

— Ele não é um animal para ser domado! — gritou Erika. Em seguida, continuou de forma mais comedida. — Ele era um Rejeitado, assim como eu. E, acima de tudo, ele ainda é o meu marido!

— Ãh?! — foi a única sílaba que consegui exprimir, devido à súbita revelação.

Erika levantou as mãos em direção ao Monstro, que se agachou e aproximou o seu rosto gigante da mulher, que o acariciou. Então, depois de derramar uma lágrima verde, a mulher continuou:

CASULOS

— Quando nós, Rejeitados, bebemos muito néctar, podemos quase voltar a ser o que éramos antes. Porém, isso não era o bastante para você, não é, meu amor? — perguntou ela retoricamente, olhando nos olhos do Monstro que, de alguma forma, parecia entender o que ela dizia, pois respirou mais fundo do que o de costume.

— Como ele virou esse Mons... digo, essa criatura gigante? Como devo chamá-lo? — perguntei rapidamente, tentando corrigir a gafe que pensei ter cometido.

— Como ele virou esse Monstro? — disse Erika, completando a frase que eu havia interrompido. — Ele ingeriu uma grande quantidade de Néctar e tentou retornar ao casulo.

Virei o rosto e encarei Kim. *E vocês querem que eu faça o mesmo, né?*, pensei.

Eles pareciam ter entendido o que eu estava pensando; mesmo assim, Erika continuou:

— Depois de alguns dias de espera angustiante, o casulo se rompeu e ele saiu sorrindo. Com o passar dos dias, ele foi mudando. De início, parecia ser uma transformação favorável, pois meu marido estava crescendo e ficando cada vez mais ágil e forte. Contudo, depois de algumas semanas, grandes machas cinzas começaram a aparecer em sua pele e ele passou a ter dificuldade para se comunicar. Em menos de uma semana, as manchas tomaram todo o seu corpo e se tornaram feridas incuráveis. — Erika deu uma pausa e respirou profundamente, antes de continuar. — A mente do meu amor se perdeu e a última coisa que ele disse foi que era um monstro e que eu deveria me afastar. Eu nunca obedeci, por óbvio. Mesmo depois de ele quase ter me matado ao ouvir eu chamá-lo pelo seu antigo nome. Portanto, se você não quer que ele se descontrole e destrua a todos nós, melhor conhecê-lo apenas por Monstro.

— O quê? Agora que não entro mesmo de volta em um casulo! Para sair e ficar igual a ele? — indaguei, olhando com cara de nojo para o Monstro.

— Mas se você nunca bebeu o Néctar, isso não deve acontecer contigo. — informou Erika.

— Eu prefiro não arriscar... — sentenciei.

Kim se virou e começou a caminhar devagar, parecendo procurar algum lugar para se sentar. No caminho, falou:

— Não tenho tempo para tentar convencê-lo. Pode ir embora, se quiser. Mas tenha certeza de que não conseguirá salvar Priscila de Roger. Do jeito que está, não conseguiria nem mesmo me derrotar num combate.

Ao terminar a frase, Kim olhou sobre o ombro e lançou-me um olhar penetrante e ameaçador que fez meu corpo tremer compulsoriamente. De alguma forma, sabia que ele não estava blefando.

— O que Roger tem a ver com isso? — perguntei.

— Ele se juntou aos Viajantes. — explicou Erika.

Franzi o cenho, tentando imaginar como aquilo seria possível.

— É verdade. — confirmou Kim. — Roger e os Viajantes fizeram um acordo. O médico contou tudo sobre você e aceitou trabalhar para eles, eliminando todos os Contaminados e Rejeitados que encontrar. Grande parte dos casulos que estavam no ginásio da escola que vocês utilizavam como acampamento foi levada. Em contrapartida, Roger terá sua mulher de volta e o direito de liderar uma microssociedade, com um bom estoque de Néctar à disposição.

Contraí o maxilar e fiz uma careta involuntária. Ainda tentava decidir quais palavras de Kim me desagradavam mais.

— Eles vão te caçar. Eles não temem seus dotes físicos, mas o perigo que você poderá representar caso recupere sua memória completamente. — informou Erika.

— Mas eu não me lembro de quase nada do período anterior àquele dia que acordei no casulo, mesmo tendo sido o primeiro a despertar.

Ao escutar minhas palavras, Kim se aproximou de mim de uma forma que eu não acreditava ser possível. Apesar de estar alguns metros distante, num piscar de olhos, já se encontrava à minha frente, com a mão direita apoiada na minha testa. Ele fechou os olhos e sussurrou:

— Hum... interessante. Eu não sabia que você tinha sido o primeiro a acordar. Quando alguém extrai um pouco de Néctar antes de abrir um casulo, o desencasulado perde as memórias e sai mais fraco. Por isso, deve receber o néctar para recuperar as forças, mas as memórias geralmente são perdidas para sempre.

— Ninguém me bebeu! — esclareci rapidamente. — Eu estava dentro de uma lagoa.

— Sim. Eu posso ver.

Então, o primeiro *flash* de memória que tive no Mundo dos Casulos retornou à minha cabeça, dessa vez mais nítido e revelador.

* * *

Estava dentro de um casulo. Mesmo através da espessa camada esverdeada, pude ver que pelo menos outras dezenas de pessoas estavam ao meu redor, na mesma situação. Escutei um barulho abafado que parecia ser de hélices de um grande helicóptero.

Ao perceber a porta traseira do veículo se abrir até formar uma rampa, revelando que estávamos em alta velocidade e a uma grande altitude, não tive dúvidas de que estávamos voando. Meu casulo começou a se aproximar do espaço aberto, então, virei-me e notei que um Viajante com a armadura verde empurrava a mim e a outro homem que estava num casulo ao lado. Mesmo constatando que eu estava acordado, o Viajante pareceu não se importar e continuou o que estava fazendo, até que eu e o homem do outro casulo, que agora eu reconhecia como sendo Roger, começamos a despencar no ar, sendo aparados pelas águas da já conhecida lagoa. Começamos a afundar devagar. Porém, antes de voltar a ficar inconsciente, pude ver um peixe grande e curioso se aproximar do meu casulo. Ele tocou a camada esverdeada e morreu em seguida, deixando uma mancha cor de âmbar no local onde acontecera o contato.

***

Kim retirou a mão da minha testa e começou a respirar ofegante. O que quer que ele tenha feito, pareceu consumir quase todas as suas forças. Depois de gastar alguns segundos tentando recuperar o fôlego, ele disse com a voz rouca:
— De alguma forma, após caírem durante o transporte, você e Roger inverteram o fluxo de energia dos casulos e o utilizaram para sugar a força vital dos animais que moravam naquela lagoa, resultando num tipo diferente de evolução.
— Como assim? — perguntei, completamente perdido.
— Existem casulos de quatro cores, que variam de acordo com o seu nível de amadurecimento. O verde é o estágio inicial, que produz um Néctar viciante, porém impuro e limitado. O segundo tipo de casulo é o amarelo. A partir dele, já é possível extrair um Néctar de qualidade superior, por isso, eles são coletados e guardados numa estação avançada. Como os casulos das crianças e idosos amadurecem mais rápido, todos eles já fo-

CASULOS

ram levados daqui. Os casulos laranjas são perigosos, pois existe a possibilidade de o ser encasulado absorver o próprio Néctar gerado e acordar, causando mais problemas do que soluções.

Os casulos vermelhos são raros, pois pouquíssimos conseguem se desenvolver até esse ponto. Quanto mais maduro tiver o casulo, mais memórias e habilidades adquire o ser encasulado, caso sobreviva, e mais puro e poderoso é o seu Néctar. Mas eu não conhecia a existência de casulos cor de âmbar, como o seu e o de Roger.

— Chega! Já estou cansado desse pesadelo maluco. Quero acordar! — bradei interrompendo-o.

— Você realmente acredita que isto aqui tudo é um pesadelo seu? Quanta presunção!

— Claro. Não é possível que esse mundo seja real. Para falar a verdade, nem sei se o Mundo do Hospital é verdadeiro. Quem sabe ainda não estou em coma, por algum motivo? Ou tenha morrido e estou vivenciando o inferno?!

— Não sei do que você está falando, mas tenho certeza de que, se você tivesse vivido tanto quanto eu, concordaria que no mundo existem infinitas possibilidades da mesma forma que existem inúmeras possibilidades de mundos. Mas já que você acredita que isso tudo não passa de algum tipo de sonho ou alucinação, basta entrar naquele casulo. O pior que pode acontecer é fazer você acordar, ou dormir, depende do ponto de vista.

Eu estava cansado de tudo aquilo. Sem dizer uma palavra, caminhei até o casulo transparente que havia sido indicado por Kim. Usei uma escada lateral e entrei na estrutura que tinha a aparência de um grande ovo de vidro e a consistência de uma borracha. Por causa das espessas camadas laterais, o casulo mal tinha espaço suficiente para comportar o meu corpo. Eu podia ver que a membrana que me sustentava era um fundo falso,

pois através dele era possível ver uma grande quantidade de líquido incolor.
— Pronto. Entrei. E agora? Pode fechá-lo, se quiser.
— Não. — disse Kim. — Esse casulo é diferente, quando você estiver pronto e aceitá-lo, ele se fechará sozinho.
Fechei os olhos e me concentrei. Eu realmente queria sair dali e acordar logo. Algumas imagens de Pitty passaram pela minha cabeça, tanto aquelas que aconteceram no Mundo dos Casulos e no Hospital quanto algumas poucas lembranças do tempo em que essa loucura toda não existia, e que ainda estavam guardadas em algum lugar da minha cabeça. Eu não conseguia distinguir o que era realmente memória e o que era fantasia. Contudo, isso já não importava. No meu âmago, eu sabia que Pitty precisava de minha ajuda, onde quer que estivesse. Abri os olhos e disse com a voz irritada:
— Fecha logo, casca de ovo! Estou perdendo tempo!
Não sei se foi em razão de meu desabafo ou não, mas o fato é que minitentáculos surgiram nas bordas do casulo e começaram a avançar para cima, formando um arco que, aos poucos, ia me abraçando e envolvendo-me por completo. Quando os tentáculos se encontraram no ápice e selaram o meu destino, continuei acordado. Dessa vez, preocupado se, em breve, começaria a sufocar.
De repente, o fundo falso se rompeu, permitindo que meu corpo mergulhasse num líquido quente e viscoso. Tentei me debater para colocar a cabeça na superfície, mas mal conseguia me mexer.
Que ótimo! Vou me afogar em vez de sufocar, pensei.
Mas foi o último pensamento que pude ter. No instante seguinte, eu já não estava ali.

CAPÍTULO VINTE

Cirurgia

Acordei grogue, com uma luz intensa apontada para o meu rosto. Ainda deitado, esforcei-me um pouco para levantar o pescoço e poder saber onde estava. Não gostei do que vi: meu tórax estava dividido por um grande corte vertical, que possibilitava a livre visualização de minhas vísceras. Ao meu lado, estava Kim, segurando um bisturi e me encarando com o rosto impassível.

Voltei a baixar a cabeça, e não sei se foi pelo fato de ter me visto naquela situação ou mera coincidência, mas comecei a sentir uma dor vertiginosa. O máximo que consegui fazer foi gritar com a voz falhada e irreconhecível. Por sorte, a agonia intensa me fez apagar novamente.

CAPÍTULO FINAL

Acordando

Voltei a abrir os olhos. Instintivamente, levei as mãos ao peito. Não senti qualquer cicatriz. Para ter certeza, sentei-me e avaliei meu próprio corpo. Ele estava nu, porém intacto.

— Ei! — assustei-me com um grito abafado que surgiu do meu lado esquerdo.

Era Jim, que acabara de entrar por uma porta lateral. Minha visão ainda não estava completamente nítida e meus ouvidos estavam inundados por um zumbido que diminuía aos poucos.

— Acorde! Priscilla precisa de você! — voltou a falar o homem, dessa vez utilizando um sussurro moderado.

Olhei ao redor e percebi que estávamos num recinto limpo e completamente branco. Eu estava sentado numa das três macas que haviam no centro da sala. As paredes eram decoradas por uma espécie de armário de metal com imensas gavetas, que ocupavam todo o contorno do ambiente. Num dos cantos, visualizei dois aparelhos médicos, que tinham o logotipo de uma empresa chamada Starlex. Não sabia para que serviam.

— Onde estamos? — tentei perguntar, mas minha voz não obedeceu ao meu comando e se recusou a aparecer.

— Pensei que você tivesse morrido durante a cirurgia. — disse Jim, antes de se virar e sair rapidamente pela mesma porta que tinha entrado.

Reuni forças e coloquei-me de pé. Logo percebi que estava no necrotério do Hospital Geral, mas, quando decidi analisar melhor o ambiente, vi algo que quase me fez querer voltar para a maca: no fundo da sala, espalhados pelo chão, estavam os restos de um grande casulo.

FIM DO LIVRO 1